Karl Friedrich Hensler

Das tapfere Wienermädchen

Ein Gelegenheitstück in drey Aufzügen. Aufgeführt im Jahr 1787.

Karl Friedrich Hensler

Das tapfere Wienermädchen

Ein Gelegenheitstück in drey Aufzügen. Aufgeführt im Jahr 1787.

ISBN/EAN: 9783744613705

Hergestellt in Europa, USA, Kanada, Australien, Japan

Cover: Foto ©Andreas Hilbeck / pixelio.de

Weitere Bücher finden Sie auf **www.hansebooks.com**

Das
tapfere
Wienermädchen.

Ein
Gelegenheitstück
in
drey Aufzügen.

von
Karl Friedrich Hensler.

Aufgeführt im Jahr 1787.

Wien.
Bei J. B. Wallishausser
1791.

Perſonen.

Achmet Zaida, Paſcha.
Duvani, Vezier.
Haſſen, Hofarzt.
Bello.
Mehrere ſeiner Hofleute.
Neran, Aufſeher der Weiber, ein Mohr.
Bennide, eine Cirkaſſerin.
Birka, Bennidens Vertraute.
Kaſpar, ein deutſcher Koffeeſchenk.
Röſel, ſeine Schweſter.
Spekko ein junger Neger.
Wilhelm, ein Deutſcher, ehemaliger
    Sklave.
Lina, ein Mädchen aus Wien.
Ein armes türkiſches Weib.
Zwey ihrer Kinder
Mufti, Imanan.
Vullar, ein alter deutſcher Offizier.
Mehrere deutſche Soldaten.
Janitſcharen, und Spahis.
Gefolge des Paſcha, Volk, Nebenper-
    ſonen.

Die Handlung geht in einer türkiſchen Seeſtadt,
    nahe an der Gränze vor.

Erster Aufzug.

Erster Auftritt.

Grosses Zimmer in des Pascha Pallast, Pascha sitzt auf einem Thron, neben ihm auf Pölstern Duvani, Hassan, Vello, mehrere seiner Hofleute, von dem Pascha an bis durch den Säulengang und Vorzimmer 2 Reihen Janitscharen.

Duv. Gnädigster **Fürst!** vor Tages Anbruch zog sich heute der Feind um 600 Schritte näher unserer Stadt zu; Klugheit und Vorsicht erfodern, jeden seiner Gedanken auszuspähen, jede seiner Unternehmungen zu beobachten; was dünket euch davon, weisester Fürst!

Pascha Daß man die **Hunde** zusammemezle und ihr Eingeweide den Fischen zu fressen gebe.

Duv. Aber, Fürst! mein Rath wäre, den Feind aufzuhalten, und ihn durch langsames Zaudern zu schwächen; glaubt mir, die Christen wissen die Kunst, nach Grundsätzen Krieg zu führen, und wir —

Pascha. Halt ein, Duvani! Alla schützet uns, und Mahomet, sein Prophet, ist der Führer unserer Truppen? wer kann die Christen retten? wie ein Donnerwetter soll unser Volk über sie herfallen, wie von brausendem Sturmwind umhergetrieben, soll Ihnen Tod und Verderben folgen; mit ihren Kanonen, die wir erobern, sollen unsere Wälle besetzt, mit ihren Bommen die Strassen unserer Stadt gepflastert werden. Auf, höret mich, ihr Kinder des grossen Propheten! sprecht Hohn der Christenbrut, verfolget jeden seiner Anhänger, wer kann uns schaden, wer uns vertilgen. Alla schützet uns.

Alle. Alla schützet uns.

N 2   Pascha:

Pascha. Zehn Löwenthaler für jeden Christenkopf, dieß ist der Befehl des Großherrn; auf, streitet für eure Ehre, für euern Propheten für euren Gott, denn dieser ist beschimpft, wenn Christen siegen. (Man hört in dem Vorzimmer in die Trompette stoßen.)

Duv. Gnädigster Herr! ich ließ den gestern aufgefangenen feindlichen Spion hieherbringen; unsere Leute trafen ihn an, da er eben mit einigen Reutern recognosciren ritt, er ergab sich, bat um seyn Leben —

Pascha. Das kann ihm, das soll ihm vergönnt werden, wenn er Mahomets Fahne Treue schwört, und seine Klinge wider die Christen zieht. (Man hört näher Trompetten.)

Zweyter Auftritt.

Vorige. Lina als Volontair in Stiefeln ohne Degen, mit Fesseln an Händ und Füßen, um den Hals eine roth seidene Schnur, so wie sie in das Zimmer tritt, ziehen alle Janitscharen ihre Säbel, machen einen Gang bis zu dem Pascha, um Linen einen Kreiß, und halten ihre Säbel über ihren Kopf, Lina so wie sie nahe bey ihm ist, fällt mit dem Gesicht auf die Erde. Stille. Pause.

Lina. Gnädigster Herr!

Pascha. Wer bist du, stolze Christenseele! die du dich erfrechest wider Mahomets Söhne zu streiten? und sollten eurer so viele wie des Sandes am Meer seyn, eurer so viele, wie der Sterne am Himmel, ihr sollet vertilgt werden von der Erde, daß eurer Christensekte nicht mehr gedacht werde. Wer bist du?

Lina. (Erhebt das Gesicht) Ich bin ein Deutscher, gnädigster Herr!

Pascha. Deiner Jahre müssen noch wenig seyn, Jüngling! wie alt bist du?

Lina.

Lina. Zwanzig Jahre hab ich gelebt, und wenn ihr mich, Fürſt! nicht mit gnädigem Blicke anſeht, ſo weiß ich, daß ich ſterben muß.

Paſcha: Wenn du Allas Söhnen Treue huldigen, zu Mahomets Fahne ſchwören, und wider die Chriſten fechten willſt, ſo magſt du leben; willſt du das, Jüngling?

Lina. Fürſt! ihr könnet einen Jüngling meiner Jahre noch fragen, ob er gerne ſeine Lebensfriſt verlängert ſehen möchte? Ja, ich will.
(Paſcha winkt, die Janitſcharen ſtecken ihre Säbel ein, die Schnur wird Linen von dem Hals genommen, ſteht auf.

Duv. Vielleicht könnt ſt du uns behülflich ſeyn, den Feind auf eine leichte Art zu überwinden.

Lina. Mein Rath wäre, ihn ſolang als möglich von den Angrif abzuhalten, durch den Marſch fiel ſchon ein groſſer Theil der Armee, werdet ihr zaudern, ſo reibt ſich der Feind ſelbſt auf, ihr könnet ihn mit der Klinge in der Fauſt von eurem Gebiethe jagen, und als Sieger kehrt ihr zurück mit Lorbern geſchmückt, zum Ruhm und Ehre eures groſſen Propheten.
(Sie ſehen einander an, ſtehen alle auf.

Paſcha Dank dir, Alla! für dieſes Geſchick. Duvani! ich mache dieſen Jügling zu eurem Geſchäftsträger, benutzet ſeinen Rath. (zu Lina.) Morgen aber ſolleſt du feyerlich in unſere Mahometaniſche Grundſätze einverleibt werden, ich ſelbſt werde deiner Abſchwörung beywohnen, werde dich fürſtlich beſchenken (zu die andern) Und zum Zeichen meiner Gnade führe man ihn ſogleich in mein Haram, wo ihm das ſchönſte meiner Cirkaſſiſchen Weiber als Eigenthum überlaſſen werde.

Lina. Welche Gnade! dank euch, groſſer Fürſt! nur ein Fürſt wie ihr, deſſen Ruhm auch

in

in Zeitungen so oft bis zu uns erscholl, kann so belohnen, wie ihr belohnet.

Pascha. Bello! und ihr — befolget meinen Auftrag.

Bello. Fürst! ihr befehlt, und wir gehorchen. (ab)

Lina. Herr! diese Schnur verwahret für eure Freinde, ich schwör bey eurem Propheten, nur euch, nur der Muselmänner Ehre, sey meine Tapferkeit, sey mein junges Leben geweiht. (ab)

Dritter Auftritt.
Pascha. Duvani.

Pascha. Alla, Alla! nicht umsonst schicktest du diesen Jüngling zu uns, nicht umsonst giebst du uns Mittel an die Hand, ihr Heer zu verscheuchen; dieß thut deine Hand, durch dich die Hand des größten aller Prophetn.

Duv. Gnädigster Herr! Neran kömmt.

Vierter Auftritt.
Vorige. Neran.

Pascha. Was willst du, Neran? ohne daß ich deiner begere.

Ner. Euch Fürst eine Nachricht hinterbringen, darüber ihr erstaunen werdet.

Pascha. Eine Nachricht? und die wäre?

Ner. Die junge Cirkasserin —

Pascha. Nun ist nicht Zeit, sich mit Weibern abzugeben, die Ehre unseres Propheten, den Ruhm der Muselmänner zu vertheidigen, dieß ist unsere Pflicht.

Ner. Aber die junge Cirkasserin, die ihr vor 6 Jahren, als sie kaum 10 Jahr alt war, mit so theure Geld in euerm Haram kauftet, ein

Mäd-

Mädchen ſo ſchlank wie ein Rohr, ſo ſchön wie
Mahomets Tochter, dieſes Mädchen, gnädigſter
Herr! liebt einen jungen Sklaven, den euer Gärt-
ner an ſich kaufte.

Paſcha. Was ſagſt du, einen Sklaven liebt
Benniide.

Ner. Ich ſah geſtern im Mondſchein, wie
er am Ufer des Sees ſtand; der ſchöne wolken-
loſe Himmel ſpiegelte ſich in dem Teich, die ſchmei-
chelnde Abendluft, das Girren der zärtlichen
Nachtigallen, das ſüſſe Murmeln des Baches,
alles, gnädigſter Herr! lud ein den Menſchen zur
Freude; der Sklave wekte Benniden durch ſein
Flötenſpiel, ſie kam an das Fenſter, ſprach mit
ihm, warf ihm ein Papier herunter —

Paſcha. Ein Papier ſagſt du? vielleicht einen
Brief; ſie ſprach mit ihm? Sklave! zittre vor
meinem Grimm, wenn du Unwahrheit ſprichſt.

Ner. Fürſt! meinen Kopf euch zu Füſſen,
wenn ich Unwahrheit rede.

Paſcha. Der Sklave ſoll ſterben, befolge
unverzüglich meinen Befehl.

Dav. Aber gnädigſter Herr! vielleicht — erlaubt mir, es gilt ein Menſchenleben.

Paſcha. Und wenn es derer tauſende gälte,
(zu Neran) Jetzt aber gehſt du in das Haram,
ich ſchenkte einem deutſchen Offizier von der feindlichen Armee eines meiner Weiber, überlaß ihm
dasjenige zum Eigenthum, was er ſich wählen
wird.

Ner. (ſtaunt) Eines eurer Weiber? aber
Fürſt! wenn er ſich die junge Cirkaſſerin wählt,
welche die Zierde eures Harams iſt, die ſelbſt euch
ſchon ſolange ihre Liebe verſagte?

Paſcha.

Pascha. Wird er sie wählen, so mag sie
sein seyn, auch die Dienste, die er uns leistet,
sind nicht gering, wisse, Neran! er verräth uns
die Christen.

Ner. Wohl uns, Fürst? wenn das geschieht;
unsere Gränze wimmelt ohnehin von christlicher
Macht, die Flüsse sind übersäet von feindlichen
Schiffen, die Ebene mit Mannschaft, und ver-
derbendem Geschütze, wenn uns Mahomet nicht
rettet, so sind wir verloren.

Pasch. Der Prophet vergeb dir, feige Mem-
me! (verachtend) die du durch die Natur eben
so leer an Mannskraft als Geistesstärke bist,
wie gut, daß dich das Schicksal zum General
meiner Weiber, und nicht zum Anführer der Muselmänner machte. (mit Stolz) Wenn wurde noch
unsere Nazion von christlicher Macht besiegt? da
geh hin, betrachte unsere unterirdischen Gewöl-
ber; sind sie nicht alle mit Christensklaven an-
gesäet? unsere Galeeren? wimmeln sie nicht von
Irrgläubigen, die stolz auf ihren Christengott umsonst nach Freyheit lechzen? unsere Provinzen,
sind sie nicht alle mit Kolonisten besezt, die wir
durch unsere Großmuth leben liessen, und zu Sklaven machten? Laß dir erzählen die Geschichte
voriger Kriege — Eroberten wir nicht mit dem
Schwerdt in der Faust ganze Ländereyen? jag-
ten wir nicht wie ein wüthendes Heer die Christen
aus ihren unrechtmässigen Besitzungen in Europa?
Wer war unser Schutz? wer unsere Hülfe? Alla
der Weltbeherrscher, und sein Prophet Mahomet;
der Sklave soll, er muß sterben. (stolz ab in die
Seitenthür, (Duxani folgt.)

Fünf-

Fünfter Auftritt.

Neran allein.

Ner. Der Sklave ſoll ſterben? hahaha! der froheſte Auftrag meines Herrns, ſolang ich ihm diene; noch nie war mir ſein Befehl willkommner, erwünſchter, als diesmal. — Er liebt das junge, hübſche Limonienmädchen, das der deutſche Koffeeſieder bei ſich hat, ich liebe ſie auch, und der verdammte Kerl mit ſeinem weißen milchbartigen Geſicht findet mehr Gehör, als ich mit meinem ſchwarzen Antliß, das doch auch zu ſeiner Zeit keines der häßlichſten in Afrika war; bei dem Propheten ſchwöre ich, ehe die Sonne ſich neiget, ſoll der Purſch ſeine Seele ausgehaucht haben — ſtill! ich höre Jemand.

Sechster Auftritt.

Neran, Duvani (aus der Seitenthür eilend)

Duv. Gut, Neran! daß ihr noch hier ſeyd, der Sklave hat Gnade, ich bat für ſein Leben.

Ner. Gnade, der Sklave! (für ſich) Peſt und alle Teufel.

Duv. Die Straffe ſeiner Frechheit iſt — 25 Fußſollenſtreiche, und wenn er es noch einmal wagt, ſoll ihm die Schnur geſchickt werden, dies iſt der Befehl des Paſcha. (ab)

Ner. 25 auf die Fußſollen —

Siebenter Auftritt.

Kaſper ſchaut zur Thüre herein. Kaſper, Neran.

Kaſp. (für ſich) Puh, da giebts Zuſpeiſeln, davon ich kein Liebhaber bin.

N 5　　　　　　　Ner.

Mer. (schüttelt den Kopf) Ich vollziehe des Pasche Befehl.

(will ab, so wie er die Thüre öfnet, kommt ihm Kasper entgegen, so daß sie aneinander stößen.

Kasp. Nun, alter Haubenstock! kannst nicht besser Acht geben.

Mer. Wie konnt ich den wissen, daß ihr vor der Thüre waret.

Kasp. Deswegen bind dir n'Glöckel an die Mütz, damit man den Narren gleich an der Musik kennt, ja; wenn freylich hier alle Narren Glöckel tragen müßten, wie viele hätten nur eine Uniform.

Mer. Du bist ein Grobian, deswegen geh ich — (ab)

Kasp. Adieu, Herr Bruder! (ohne Duvani zu sehen) hahaha! Weißt auch noch nicht, Alter! daß das die gescheideste Narren in der Welt sind, die sich für Narren ausgeben, und im Stillen über die Narren lachen (indem er sich umsieht) Ich muß jezt doch ein bissel ausspioniren, wie die Affairen — nun ja — (erblickt Duvan) Ah! sind Ihr Gnaden auch da?

Duv. Und was möchtest du gern ausspioniren?

Kasp. Nichts, nichts, gar nichts — mit dem Herrn Pascha hätt ich so ein klein bissel zu reden gehabt (für sich) Fikrament! da wär ich fast anpumpt

Duv. Ich hörte schon lange deinem Selbstgespräch zu.

Kasp. Schadt nichts, es ist meine Gewohnheit so, ich diskurier oft, wenn ich sonst kein Anspruch hab, Tag und Nacht mit mir selber.

Duv

Duv. Du ſpracheſt ſo viel von klugen Narren.

Kaſp. Was man halt gern ſeyn möcht, da=
von redt man viel, ihr heißt mich ja hier nur den
närriſchen Koffeeſieder aus Wien; ich habe alſo
das Privilegium, ein Narr zu ſeyn.

Duv. Was haſt du denn mit dem Paſcha
zu reden?

Kaſp. Das, was ich nur mit dem Herrn
Paſcha zu reden habe — (für ſich) Ja, Alter!
du fangſt mich noch nicht.

Duv. Und du kamſt nur ſo frey, ohne dich
lange melden zu laſſen?

Kaſp. Das melden laſſen gehört ſich nur
für Leute eures gleichen; ein Mann von meiner
Autorität kann frey und frank hineinſpazieren,
wohin er will.

Duv. Und wie geſchieht das?

Kaſp. Wies geſchieht? wäret ihr auch ſo ein
kluger Narr, wie ich bin, ſo hättet ihr auch das
Privilegium, habt ihr mich verſtanden?

Duv. Ob ich dich aber verſtehen will, das
mußt du erwarten.

Kaſp. Schadt nichts, es iſt ſchon oft ein
Narr dem andern eine Antwort ſchuldig blieben,
nichts für unhöflich, ihr Gnaden!

Duv. (erhizt) Kerl! denke, wer du biſt, und
wer ich bin.

Kaſp. Hoho! ihr werdet doch nicht bös
werden: Kinder und Narren können ja reden,
was ſie wollen. Ha! der Paſcha

(Duvan geht auf die Seite, Kaſper wirft ſich zur Erde.)

Ach=

Achter Auftritt.

Vorige. Der Pascha.

Pasch. Du hier, Sklave! was verlangst du?

Kasp. Eine Kleinigkeit — nichts, ihr Gnaden, Herr Pascha! als einen kleinen Vorschuß von etlichen hundert Löwenthaler auf mein Koffeehaus; s'Gwerb geht jezt verflucht schlecht; ich weiß nicht, ob der Krieg, oder der Mangel an baarer Münz bei euch schuld ist. Seit 14 Tagen hab ich ein einziges Glas Rosoli verkauft, und das hab ich noch müssen an die Billard Tafel schreiben; Ja, ja — ihr große Herrn, seyd halt alle über einen Laist geschlagen; machts auch wie die unsrige zu Haus, sie versprechen goldene Berge, und halten keinen bleyernen; was ihr für ein Lärmen hattet, bis ich mich hier säßhaft gemacht hab, und jezt wärs oft vonnöthen, daß ich vor Hunger s'Billardtuch zusammen fräß. —

Neunter Auftritt.

Vorige. Ein armes Sklavenweib mit 2 Kindern in bloßen Füssen, jedes ein Körbchen voll Früchte in der Hand, Alle 3 fasten dem Pascha zu Füssen.

Sie. Gnädigster Herr! Armuth, Noth treibt mich zu euch, erbarmet euch meiner, und meiner armen Kinder. Mein Mann ligt im Schuldthurm; man will ihn auf die Galeere schmieden, weil er nicht 20 Piasters bezahlen kann; Ihr verlieret einen Bürger, ich einen Gatten, diese Kinder einen Vater, helft, rettet meinen Mann.

Pa-

Pasch. zu Divan) Duvani! bezahlet dem Weib die 20 Piasters, und ihr erkaufet damit seine Freyheit.

Sie. O gnädigster Herr! feurig erheb ich mein Gebett zu dem Propheten; Mahomet segne eure Waffen gegen eure Feinde, daß ihr siegreich zurückkehret, und für jeden Christenkopf geb euch Alla ein Jahr eures Lebens.

Kasp. für sich) O du Spitzbübin! wart, dürst ich, wie ich wollte, würd die schon die Christenköpf vertreiben.

1tes Kind. Gnädigster Herr! nehmet diese Früchte an, ich hab sie mit eigener Hand gepflanzt.

2tes Kind. Und auch die meinige, ich will für euch beten, und wenn ich groß genug wär, so gieng ich ins Feld, und jagte alle Gaur davon.

Kasp. (für sich) O du Jauner von n'Buben.

Pasch. Geht nur, es ist euch geholfen, dieser Mann wird euch Geld geben.

Sie. Allas Segen für euch, und Mahomets Stärke eurem Arm.

2tes Kind. Dank, dank, Mahomet soll euch segnen.

(Sie und die Kinder an Duvans Arm ab)

Zehnter Auftritt.

Pascha, Kasper.

Kasp. (für sich) Jezt gehts, ihr kleines Lumpengepack übereinander (laut) Schaut, schaut, die 2 kleine Spitzbuben wissen auch noch nicht viel vom Christenthum, und von der Nächsten=

stenlieb, daß sie euch so viele Jahr zu leben wün-
schen, als ihr Christenköpfe herunter mezlet.

Pasch. So zu denken, besiehlt das Gesetz,
die Feinde zu unterjochen, lehrt uns Natur, so
denkt der Muselmann.

Kasp. Nun, mir ists schon recht; aber da
ich euer Liebling bin, ist mir ja doch eine Frag
erlaubt; Herr Pascha! wie stehts Kourage, ists
euch nicht n'bissel bang, wenn ihr so viele schwarze Adler draussen herumfliegen seht? he!

Pasch. Kerl! du bist ein Franke, (verachtend) und dies ist genug gesagt, um deine Fra-
ge zu beantworten. Wenn sahest du noch Muselmänner zittern vor einer Christenklinge? Lö-
wenmuth und Tapferkeit ist das Sinnbild unseres Karakters, Tod und Verderben folgt jedem
unsrer Tritte.

Kasp. (nimmt eines der Körbchen in die
Hand, worinnen Melonen und Feigen sind)
Hahaha — Herr Pascha! das ist kein übler Ge-
danke von dem kleinen Knaben da; kennt ihr die
Frucht? (nimmt eine Feige in die Hand)

Pasch. Nun, es sind Feigen.

Casp. Richtig, es sind Feigen, wenn mans
einem bei meinen Landesleuten mit dem Finger
zeigt, so ists n'Grobheit.

Pasch. Ich verstehe dich nicht.

Casp. Nun, ich verstehs schon.

Pasch. Sieh — bei dem Propheten schwör
ich, keiner der Christen soll Allas Grimm entflie-
hen; verfolgen sollen sie die Muselmänner bis
in ihre Länder, Mahomets Fahne soll wehen in
ihren Tempeln, Allas Opfer soll rauchen, und
zu Mahomets Ehre fliesse Christenblut, den grossen Propheten zum Ruhm sollen Siegeslieder er-

ertönen im Jubelton, so denket, so handelt —
Achmet Zaida. (ab)

Eilfter Auftritt.

Kasperl, hernach Duvani.

Kasp. Fickerment! wenn die Kerl im Con-
zage so groß sind, wie mit dem Maul, so wird's
manchen Hieb noch absetzen, bis wir zu unserm
Entzweck kommen; s' ist freylich n' kleine Spitz-
büberey, wenn ich's beym Licht betracht, aber
zum Henker! s' Geld verdienen auf n' ehrliche
Art ist heut zu Tag so schwer, daß man um n'
17ner n' manchen Schurkentitel in Sack siekt,
um sich nur s' liebe Brod verdienen zu können;
ach da kommt der alte Mussieu wieder.

Duv. Wo ist der Pascha?

Kasp. Da hinein, er wird mir wohl n' An-
weisung schreiben auf ein neues Kaffeehaus.

Duv. Wenn wirst du dich denn einmal entschliessen, dich unserm Propheten zu unterwerfen?
schon lange, daß du uns mit vergeblichen Hof-
nun e täuscheft?

Kasp. Ich will das Spektakel lieber bis auf
den Frühling verschieben.

Duv. Spotte nicht der heiligsten Grundsätze,
oder des Propheten Grimm wird dir folgen,
Elender!

Kasp. Ihr treibts ja abscheulich mit eurem
Propheten; bey uns z' Haus halt man nit viel
auf die Wetterpropheten.

Duv. (faßt ihn wild an, Kasper erschrickt)
Kerl! sey, was du bist, ein Narr; aber Ehrfurcht
hebe deinen Busen, so oft du ihn denkst, so

oft

oft du ihn nennst den großen Namen Mahomets.
(ab zu dem Pascha.)

Kasp. Nun, meinetwegen kann der Nahm groß oder klein seyn, mir iß eins; Sapperment! ich seh' schon, ich muß einziehen, oder die Herren könnten mich doch einmal im Ernst auf die Galeere schicken, (Neran kommt) ha, ha! da kommt mein Busenfreund. ——

Zwölfter Auftritt.
Vorige. Neran.

Ner. Seyd ihr noch hier?

Kasp. Wie ihr seht, ja.

Ner. Eben recht! könnt ihr mir nicht sagen, wo sich der Sklave aufhält: er nennt sich — er ist euer Landsmann.

Kasp. Mein, mein Landsmann? (für sich) Jetzt heißts: Kaspar merk auf. (laut) Wie er sich nennt? er heißt, er heißt, wartet, wie heißt ihr, um Vergebung?

Ner. Ich? ich nenne mich Selim Neran.

Kaso. Nein, so heißt er nicht, keine so närrische Titulaturen führen wir bey uns nicht, er heißt — Wilhelm Bullan.

Ner. Wenn ich ihn finde, so werden ihm auf des Pascha Befehl 25 Fußsohlen streiche gegeben.

Kasp. Pfui! schämts euch mit den Kinderreyen; meine Landsleute können dergleichen Aufgeschnittenes nicht auf dem Rücken leiden, will geschweigen erst auf den Füßen.

Ner. Und wenn er sich noch einmal erfrecht, so wird ihm die Schnur geschickt.

Kasp. Die Schur, wozu?

Ner. Um sich damit zu erdrosseln.

Kasp.

Kaſp. Ja, wenn er ein Narr wär', wenn aber mein Landsmann am Hals kitzlicht iſt?

Mer. Dieß iſt der Befehl des Paſcha.

Caſp. Aber warum denn das alles?

Mer. Weil ich ihn über den Teich mit der jungen Circaßerin reden ſah.

Caſp. Ueber den Teich? aber Alter, wie könnt ich denn gar ſo einfältig ſeyn; da iſt er ja noch weit davon.

Mer. Ich wüſte freylich ein Mittel, ihn zu retten.

Caſp. (für ſich) Ha, ha, ha! ich merks ſchon, s' iſt was wegen meiner Röſel.

Mer. (leiſer zu ihm) Wenn ihr mir das Limonienmädchen, daß ihr in eurem Koffeehaus habt, abtreten wollt, ſo verſprech ich euch noch obendrein 100 Löwenthaler. -

Caſp. Hundert Löwenthaler, für das Limonienmädchen? (für ſich) Wart, alter Kehrbeſen, du gehſt mir in die Falle, dich will ich erwiſchen. (laut) Nun, es kommt mir nit drauf an, ich bins zufrieden.

Mer. Ihr ſeyds zufrieden? ſo kommt eilend, daß ich meinen Auftrag zurücknehme, kommt, kommt! (will ihn fortzerren)

Caſp. Apropos! wohin ſoll ich denn das Mädl beſtellen?

Mer. Auf die Teraſſe, nahe bey der groſſen Fontaine, wo der Gärtner ſein Garn liegen hat, kommt, kommt! (ab)

Caſp. Ich komm ſchon, ich komm ſchon, wart Alter! dich will ich heute in die Schwemme reiten, daß du dich wundern ſollſt. Giebt ſich der alte Bocksbruder für n' Keuſchheitswächter der Weiber aus, und will ſich doch all' Tage

mit

mit s' Teufels Gewalt in mein Schwägerschaft herein türkisiren. (ab)

Dreyzehnter Auftritt.

Zimmer in dem Serail, Bennite traurig, hinter ihr Birka mit einem Schleyer in der Hand, andere haben Perlschnuren und Urnen mit wohlriechenten Kräutern.

Ben. (allein) Alles ist so erg um mich her, ich suchte Einsamkeit in dem Garten, und doch, wenn ich allein bin, schaudre ich zurück, und zittre, wenn der sanfteste Zephir in die wankenden Blätter wehet; mein Herz erhebt sich so gewaltig, ich möchte meine Seele in die Lüfte ausgiessen, möchte so gerne den ahndenden Hofnungen der Zukunft nachschwärmen, und da bleibe ich zurück, verliere mich in phantastische Chimären des Glücks, und sehe meine Hofnungen, alle so schön gemacht, getäuscht, zur Erde gesunken: O ich weiß selbst nicht, was ich will, und wie mir ist, ich will so viel, und so wenig; seit ich ihn sahe den liebenswürdigen Sklaven, habe ich keinen andern Sinn für etwas, keine Wahl als ihn —

Birk. Bennide! ihr so in Melancholie versunken? was fehlt euch, meine Gebieterinn!

Ben. O Freundinn! mir fehlt nichts, mir fehlt alles in der Welt. (lehnt sich auf Birkas Achsel.)

Birk. Schonet eure Jugend, Bennide! 16 Jahre erst, die ihr lebet, ihr werdet abwelken, frühe unglückliche Liebe wird eure Jugend veralten, und eure Schönheit zu Grabe bringen.

Ben. Freundinn! einst so glücklich in den Händen meiner Eltern, so glücklich, da ich entfernt von dem Hofe, so zufrieden, so harmlos

Cir-

Cirkaſſiens einſame Thäler durchwandelte, und jetzt Sklavinn eines Tyrannen, der mich mit Liebe quält.

Birk. Aber, erlaubt mir, meine Gebietherin! Achmet Zaida iſt ein Mann, bey dem die Natur ihre Reize verſchwendete; jung, ſchön wie der Frühlingsmorgen, glaubt mir, ihr fühlet nicht das Glück, das euch in ſeine Arme einwiegen will; Gemahlin des Paſcha zu werden, iſt der einzige Wunſch unſers Geſchlechts.

Ben. Verhaßter Wunſch! o Birka! auch wenn kein Wilhelm in der Welt wäre, bey dem Propheten! ich könnte den Paſcha nicht lieben; (zärtlich) du ſaheſt ihn geſtern im Garten, ſaheſt im Mondlicht ſein ſchönes Auge, in deſſen brechendem Blick die Liebe zitterte; ſaheſt, wie es an dem meinigen hieng, wie es jeden meiner Tritte verfolgte; ſaheſt, wie er in der groſſen Cypreſſen Allee vor mich hinſtürzte, wie ich ihm meine Hand darreichte, und er noch zaudern wollte, ſie mit ſeinen Thränen zu benetzen. (mit Wärme) O Birka! ſo gerne wär ich ihm in die Arme gefallen, ſo gerne hätt' ich ihm den erſten Kuß auf ſeine Roſenlippen gedrückt — (man hört Neran vor der Thür, ſie erſchrickt) Ha! wen hör ich, Birka! den Schleyer, Neran kommt. (wirft den Schleyer um.)

Vierzehnter Auftritt.

Vorige, Neran, Lina.

Ner. Dieſe junge Cirkaſſerin iſt die letzte in dem Haram, die übrigen habt ihr alle geſehen.

Ben. (für ſich) Was ſeh ich? ein Fremder in dem Haram? ein feindlicher Soldat.

Ner. (zu Ben.) Dieser Fremdling hier bekam die Erlaubniß von dem Pascha, für sich eine seiner Favoritinn auszusuchen.

Ben. (erschrickt) Was hör ich?

Lin. (für sich) Das Mädchen will ich kennen lernen. (laut) Verlaßt mich alle, ich will hier bleiben?

Ben. Grosser Prophet! was wird aus mir werden.

Ner. (im abgehen) Verdammter Streich! das hab ich mir gleich eingebildet, die Deutsche haben Geschmack bey den Weibern. (ab mit Birka)

Fünfzehnter Auftritt.

Benide. Lina.

Lin. (mit Beniden an der Hand, Pause.) Zittre nicht, gutes Mädchen! ich bin dein Freund; entzieh mir nicht länger die holden Reitze deines Gesichtes, wirf den Schleyer zurück der deine Rosenwangen bedeckt; wenn du dich mir anvertraust, so will ich dich in Freyheit bringen, dich in die Arme der Liebe führen.

Ben. (mit einem seufzenden Ton) O könntet ihr das, welch ein Seegensbote wäret ihr für mich. (wirft den Schleyer zurück)

Lin. ⎫ zu- ⎧ Ha! welch ein reitzendes
       ⎬ gleich. ⎨ Gesicht!
Ben. ⎭   ⎩ Grosser Prophet! was erblick ich, welche Aehnlichkeit mit Wilhelm nehme ich in dem Gesichte dieses Jünglings wahr.

Lin. (sie von der Seite betrachtend, für sich) Bey Gott! ich fühle weibliche Theilnehmung, das Mädchen muß ich retten.

Ben.

Ben. (geht zur Linen hin, bewegt) Freund! ich bin ein unglückliches Mädchen.

Lin. (theilnehmend) Komm mit mir in den Garten, entdecke mir den Kummer, den ich auf deiner Stirne leſe; woher biſt du gebürtig?

Ben. Aus Cirkaßien.

Lin. Liebſt du den Paſcha?

Ben. O dürft ich mich euch anvertrauen.

Lin. So! als wenn ich dein Bruder wäre.

Ben. Ihr, Freund! (ſtotternd) — ihr ſeyd ein Franke? Ich weiß nicht, wie mir wird, wenn ich euch anſehe — euer Geſicht, eure Miene, eure ſchöne Seele, die aus euren Augen blickt, (b. ſ) o ich finde ſo viel Harmonie mit Wilhelm. (Pauſe) Freund! o dürft ich, o könnt ich — ihr ſeyd ein Franke? giebt es denn in eurem Land lauter ſo viel verſprechende Geſichter, lauter ſo edle Minen?

Lin. Sey nicht undankbar gegen die Natur, die dir ein ſo gutes Geſicht gab; Cirkaſſien hat den Vorzug, daß es ſchöne Mädchen gebiehrt, und Deutſchland —

Ben (ergreift ſchnell Linens Hand) O Freund! ich kenne, ich kenne auch einen Deutſchen, der — der —

Man hört ein reizendes Adagio auf der Flöte ſpielen, Beniſde eilt an das Fenſter, wird unruhig, trocknet ſich eine Thräne ab.

Lin Was iſt dir, Mädchen! woher dieſes reizende Flötenſpiel! was macht dich ſo unruhig? bin ich deines Zutrauens ſo wenig werth; oder ſagt dir mein Geſicht, daß ich fähig wäre, dich zu verrathen?

Ben. (feurig) O Freund! ihr wollet mich aus dieſem Hauſe retten, ſagtet ihr? wie —

O 3   wie

wie soll ich euch nennen, Schutzengel Allas, kommt, (nimmt sie hastig am Arm) er ists, laßt uns in den Garten eilen, er ists.

Lin. Und wer? so rede. —

Ben. Ein Deutscher, ein Gärtner, ein Sklave! o Jüngling! wie oft verfluchte ich schon diese Mauren, die mich einschlossen, bewacht durch einen Tyger, der jedes Athmen meines Herzens belauscht, jeden meiner Tritte behorcht; o dieser Sklave, ein so liebenswürdiger Jüngling, ihr solltet ihn sehen. —

Lin. Mädchen! ich werd ihn, ich muß ihn sehen; hier, nimm diesen Kuß, und diesen Handschlag, mache mich zu dem Vertrauten deines Geheimnisses, ich schwör dir bei dem Gott, den ich anbete, daß ich dein Freund seyn will; verräthst du mich aber, Mädchen! so sey der Tod, den ich dir mit eigner Hand gebe, das Looß deines Schicksals, und des Himmels unnennbarer Fluch komme über dich in dem letzten Augenblicke, wenn du deine Seele aushauchest. (mit Benide ab)

Sechzehntet Auftritt.

prächtiger Garten des Pascha, ganz im Hintergrund sieht man das Haram, vor demselben ist ein Teich, mitten in dem Teich ein erhöhenes Felsenstück, worauf Wilhelm angelt, und Flöte spielt, er schaut öfters an die Fenster des Harams, vro dem Garten im Hintergrund eine eiserne Gitterthüre, wodurch man den Teich erblickt. Cypressen hin und her versetzt, auf der linken Seite, nahe bei einer Laube ein erhöhter Rasen, worauf man einige Sträucher sieht, Spekko richtet eben ein Vogelgarn auf. Wilhelm in Sklavenkleidung.

Spek. Pfeif du dem Teufel ein Ohr weg, bei

bei der Muſik fängſt du keine Fiſche, und ich keine Vögel. (ab)

(Wilhelm ſpielt fort. Spekko ſchaut umher, ſchlägt die Pfoſten ein, mittlerweil wird an dem Haram ein Fenſter geöfnet, Birka ſchaut heraus, wirft Wilhelm ein Briefchen an eine Schnur gebunden in den Teich, er fängts mit der Angelſtange auf, lieſt, eilt in ſein nahes Schifchen, das er bei ſich hat, und rudert davon.

Siebenzehnter Auftritt:

Lina, Benide.

Lin. Wir ſind allein; laß uns weiter reden; du liebeſt alſo einen Jüngling, der mein Landsmann, ein Deutſcher, ein Sklave iſt?

Ben. O Freund! würdet ihr ihn ſehen, bei dem Propheten, ihr könntet meine Wahl nicht mißbilligen; ihr ſeyd ſchon liebenswerth, die Natur ſorgte ſo mütterlich für euch, in Austheilung ihrer Gaben — aber der Sklave —

Lin. Gutes Mädchen!

Ben. Der hat ſo etwas männlich ſchönes in ſeinem Geſicht, ſo etwas edles, das wahrlich nicht in ein Sklavengeſicht geprägt zu ſeyn verdiente, vor einem Jahr ſah ich ihn noch herumirren in klirrenden Ketten, ich erbat ſeine Freiheit bei dem Paſcha. —

Lin. Mädchen! höre meinen feyerlichen Schwur, ich entſage hiemit ganz deiner Liebe; aber Verſtellung allein kann dich, deinen Geliebten, kann mich retten. (ſieht ſich um) Es behorcht uns doch Niemand?

Ben. Wir ſind allein.

Lin.

Lin Schwörest du mir, bei allem, was dir heilig ist, mich nicht zu verrathen? schwörest du mir, bei deinem und meinem Gott, bei Mahomet deinem Propheten, ein Geheimniß zu verschweigen, so will ich dich glücklich machen; schwörst du mir das, so lege deine Hand auf diesen Dolch. (zieht einen Dolch aus dem Busen.)

Ben. Ich schwöre, Alla sey mein Zeugen, und Mahomet der Prophet, der Rächer meiner Uibertrettung.

Lin. Mädchen! Mord über dich und mich, wenn du mich verräthst, (will sie ebenfalls beiseite nehmen) wisse, Bennide! ich bin — (sieht sich mehrmalen um. Birka kommt eilend)

Achtzehnter Auftritt.

Vorige, Birka eilend.

Birk. Bennide! der Pascha wartet eurer in dem Haram, kommt, eilet, er spricht von Verrätherey wegen dem Sklaven.

Ben. (erschrickt) Himmel! was soll ich unternehmen?

Lin. Nichts, geh dahin, vergiß deinen Schwur nicht. Mädchen! und denke, daß dieser Dolch dein Richter bleibt, wenn du meine Verrätherin wirst.

Ben. Freund! ich bin gleich wieder bei euch, Alla hörte meinen Schwur, Unglück verfolge mich bis in das Grab, wenn ich dich verrathe.

Lin. Und der Tod sey dein Gewinn, so wahr Gott über mir ist. (Benide ab mit Birka)

Neun-

Neunzehnter Auftritt.

Man sieht Wilhelm hinter dem Gartengitter in einem kleinen Schifchen dem Felsen zu schiffen, er steigt hinauf,
in einer Hand seine Flöte, in der andern die Angelstange, er schaut öfters an die Fenster des Harams.

Lin. (sieht ihr nach) Ich weiß nicht, welche geheime Theilnehmung mich so fest an das
Schicksal dieses guten Mädchens ankettet. Wie,
wenn selbst sie das Werkzeug meiner grossen That
werden könnte? Außerordentliche Handlungen zu
verrichten, sagt man, liege nur in der Männer-
seele? — hm! als wenn wir Weiber nur auf
der Welt wären, um zu leben, zu tändeln, und
für die Nachkommenschaft zu sorgen. Bei Gott!
entweder Ausführung meines Entwurfs, oder —
(Wilhelm fängt zu spielen an) Ha! da ist der
Sklave wieder? eben zur geschicktesten Zeit. —
(Pause) Aber, was hör ich? diese Melodie ist
mir so bekannt. Gott! welche Ahndung durch-
bebt mein Herz, dieses Liedchen sang ich so oft
mit meinem Bruder, der in dem Ausland starb.
Wilhelm spielte die Flöte, (sie horcht) welch
fröhliches Pochen auf einmal meinen Busen erhebt. Allmächtiger Gott! wenn der Sklave mein
Bruder, mein Wilhelm —

Das Liedchen fängt wieder an, sie geht dem Gartengitter
näher, singt, er horcht, pausirt, steht auf, schaut umher, bläst fort, sie singt allein, er bläst wieder.

Im Garten harret, Liebchen! hier
    Dein Liebling — Mädchen! komm zu mir,
Komm, Liebchen! komm! und höre mich
    Ach, Liebchen! — komm — ich liebe dich.
(Pause. Wilhelm erhebt sich auf dem Fel-
sen höher, und schaut dem Gartengitter

zu) Gott! was hör ich, so sang ehedem meine Schwester, (ruft) Lina!

Lin. (händeringend) Wilhelm!

Wilh. Grosser Gott! was hör ich, du meine Schwester?

Lin. (eben so) Du mein Bruder?

Wilh. (wirft Flöte und Angelstange in den Teich. Du hier, Schwester!

Lin. Du hier, Bruder!

Wilh. (steigt an das Ufer, kommt in das Gitter, rüttelt an der Thür) Lina!

Lina. Bester Bruder! komm in meine Arme.

Wilh. Aber, was seh ich, Lina! du in dieser Kleidung?

Lina. Die ich anzog, um die Ehre der Weiber zu retten, und eine Handlung zu verrichten, darüber die Nachwelt erstaunen soll.

Wilh. O daß dieses eiserne Gitter unsere Umarmung trennet.

Lina. Besteig die Gartenmauer, und komm in meine Arme, (wirft eine Strickleiter über)

Wilh. Aber, Schwester! die Sinne stocken mir, wenn ich an die Gefahr denke, der du entgegen eilst.

Lina. Bruder! nun ist nicht mehr Zeit zu denken, nun muß man handeln, wer zu viel überlegt, führt nichts aus. (Wilhelm setzt die Strickleiter an) Soll denn Kleinmuth gänzlich die weibliche Seele beherrschen, oder Heldenmuth aus der Mädchen Herzen verbannt seyn — ha, ich dürste nach den Ruhm, nach der Ehre, die ich einärndten werde. Was ich als Soldat nicht ausführen kann, werd ich wohl als Mädchen bewirken, die Türken haben ja auch Herzen.

Wilh.

Wilh. (wie er **Lina** erblickt, pauſe)
Lina!

Lin. Wilhelm — (Umarmung) O Gott!
welch ein Zufall!

Wilh. Schweſter! laß mich an deinem Buſen Thränen der Freude weinen.

Lin. Du lebſt, Bruder, wir hielten dich
für tod; dein alter Vater iſt im Feld, um noch
als Held zu ſiegen, oder zu ſterben.

Wilh. Mein Vater? mir ſo nah, welche Freude, Schweſter! ein Jahr ſchon, daß
ich in der Gefangenſchaft ſchmachtete, meine Freiheit verdanke ich einer der Weiber des Harams.

Lin. Bruder! heißt ſie nicht Benide?

Wilh. Wie, du kennſt ſie? Schweſter!

Lin. Die Cirkaſſerin, die du liebſt, wurde
mir von dem Paſcha geſchenkt.

Wilh. Was hör ich?

Zwanzigſter Auftritt.

Vorige. Bennide flieht in Wilhelms Arme.

Ben. O Wilhelm! (zu **Lina**) ſeht Freund!
dies iſt der Jüngling, dem ich meine Ruhe opferte, (zu Wilh.) ſieh, Wilhelm! das iſt der uns
von der Vorſehung zugeſandte Schutzgeiſt.

Wilh. O Lina! ich kann nicht länger ſchwei-
gen, mein Herz bricht mir, Benide! dies iſt
meine Schweſter.

Ben. (bebt zurück) Großer Prophet! was
hör ich, ihr ein Mädchen?

Wilh. Ein Mädchen, und meine Schweſter.

Lin. (küßt Beniden) Und deine Freundin,
deine Retterin.

Ein-

Ein und zwanzigster Auftritt.

Vorige. Neran, Janitscharen.

Ner. Halt — eben recht, he! ihr Leute nemmt den Sklaven gefangen. (sie fallen über ihn her) Wilh. Gott! ich bin verrathen. (will sich losreissen)

Ben. Wen gefangen?

Ner. Den Sklaven hier, er muß sterben auf Befehl des Pascha, Janitscharen! erfüllet eure Pflicht. (Sie wollen ihn fortzerren)

Zwey und zwanzigster Auftritt.

Vorige. Kasper, seine Schwester, Spekko.

Kasp. Was Henkers! ist denn hier vorgefallen?

Ben. (fällt vor Kasper hin) Rettet den Sklaven, ehrlicher Mann! der Prophet soll euch segnen.

Lin. Rettet ihn, er ist mein Bruder.

Nea. Fort, fort mit ihm, er muß sterben.

Kasp. Kommt her, ihr Leute! hier hat jeder von euch einen Löwenthaler (zu dem Neger) und du Schwarzer! pack den alten Krippenreiter da auf, wir bringen ihn zum Pascha.

Spek. Richtig, das wollen wir, hahaha — (wirft das Vogelgarn über ihn, Neran will sich losmachen, schreit, Spekko packt ihn auf den Rücken, Wilhelm wirft sich in den Teich, und entflicht.)

Lina. Bruder, Wilhelm!

Benio. Wilhelm! Himmel! er stürzt sich in den Teich. (alle ab)

Der Vorhang fällt.

Zwei-

Zweyter Aufzug.

Erſter Auftritt.

(Zimmer in des Paſcha Pallaſt. Paſcha ſizt auf dem Polſter, neben ihm ein koſtbares Kredenztiſchchen mit Koffee, raucht Toback, Haſſan neben ihm, kleine Pauſe, legt die Pfeiffe ab)

Haſſ. Ihr ſeyd verdrüßlich, gnädigſter Fürſt! eure Phantaſie wurde vielleicht in voriger Nacht durch Träume beunruhiget? oder befindet ihr euch ſonſt nicht wohl?

Paſch. Haſſan! ihr kennet mich; wiſſet, daß freyer Muth und Unerſchrockenheit tief in meiner Seele eingegraben liegen. Aber, Alla ſoll das Unglück abwenden, das ich in voriger Nacht den Muſelmännern drohen ſahe.

Haſſ. Gnädigſter Herr! ich zittere; Mahomet ſteh uns bei.

Paſch. Kaum war Mitternacht vorüber, in der Stunde, worinn ſonſt des Menſchenſeele in ihrer erſten Ruhe liegt, ſo weckte mich auch ein fürchterlicher Traum. (ergreift ſeine Hand) Haſſan! ich mußte ſehen, daß uns wühend der Feind überfiel; mußte ſehen, daß er unſre Wälle beſtieg, daß er im Triumph in unſere Stadt einzog —

Haſſ. (entſezt ſich) Gnädigſter Herr! es war ein Traum, und gemeiniglich träumt man davon, womit ſich bei Tage die Phantaſie am meiſten beſchäftiget; folgt meinem Rath, gnädigſter Herr! unterhaltet euch mit der ſchönen Cirkaſſerin; hübſche Weiber beſizen oft mehr die Kunſt, uns Männern

nern die Grillen von unserer Stirne wegzulächeln, als der erfahrneste Arzt durch seine Heilkunde bewirken kann.

Pasch. Ich ließ die Cirkasserin rufen, sie wird kommen.

Zehnter Auftritt.

Vorige. (Benide furchtsam in gebeugter Stellung)

Pasch. Verlaßt mich alle, ich will allein seyn.
(alle ab)

Ben. (Pause) Gnädigster Herr!

Pasch. (sieht sie zärtlich an) Benide!

Ben. Ihr ließet mich rufen, mein Fürst!

Pasch. Benide! schon so oft, daß du mich mit leeren Hofnungen täuschtest; mißbrauche meine Geduld nicht; zaudre nicht länger, mir das zu gewähren, was ich von dir fodern kann — Ich verlange Liebe, freywillige Uebergabe deiner selbst.

Ben. Gnädigster Herr! Liebe zu euch erhebe meinen Busen, so lange er athmet, aber — (beis.) Alla steh mir bei.

Pasch. (wirft ihr das Schnupftuch zu) Benide! du folgst mir (will fort)

Ben. (beiseite) Großer Prophet! es ist um mich geschehen; gnädigster Herr! erlaubt mir — o ich kann nicht reden — die Sprache stocket mir auf der Zunge — Fürst! ich will euch lieben — aber — eure erzwungene Liebe macht mich zu einer meyneidigen, bundbrüchigen. —

Pasch. Erzwungene Liebe, sagst du —

Ben. O Fürst! ist nicht Liebe eine Gabe des Himmels, und könnt ihr den Schöpfer an-
kla-

klagen, daß er mich Hoheit und Reichthum ver-
achten lehrte, und mir für Tugend und Recht-
schaffenheit Gefühl in meinen Busen prägte. —
(mit Thränen) O wüßtet ihr, gnädigster Fürst!

Pasch. (aufgebracht) Halt ein! ich weiß
alles.

Ben. (erschrickt) Alles, alles — (im verlornen Ton) Alles — (zittert) Alla! nun ist es
um mich geschehen — mein Unglück ist beschlos-
sen — (stürzt zu seinen Füßen) Fürst! eure
Großmuth — habt Mitleiden — ich bin in eurer Gewalt.

Pasch. Steh auf, Undankbare! die du nicht
werth bist, den Staub zu berühren, den meine
Füße betreten; du liebst einen Sklaven — (hebt
sie auf)

Ben. (betroffen) Einen Sklaven —

Pasch. Und mir — mir, der ich dich aus
der niedrigsten, armseeligsten Hütte Cirkassiens
kaufte; mir, der ich dich mit so vielen Kosten
erziehen, der ich deine äusseren Reize, die du der
Natur danktest, durch innere Bildung vervoll-
kommnen ließ, mir versagst du Gegenliebe?
mir, deinem Herrn, deinem Wohlthater?

Ben. Herr! eure Worte bringen mich zum
Wahnsinn, haltet ein —

Pasch. Der Sklave soll sterben —

Ben. Fürst! der Sklave ist unschuldig; ich
war es, die um seine Liebe buhlte; ich war es,
die ihm, sinnlos in meinen Armen liegend, mit
keuscher Stimme ins Ohr rief, daß ich ihn liebe, und ist —

Pasch. Verlaß mich, Mädchen — Undank-
barkeit ist das niedrigste Laster. (schleudert sie
weg, will fort)

Ben.

Ben. Er geht, Mahomet steh mir bei; ha! was ist der Grosse der Welt, wenn er sein Daseyn benutzt, um niedrige Menschen, die er als Würmer an seinen Fersen kriechen sieht, zu zertreten, wenn er sich mit dem Gedanken sättiget, die Wirklichkeit des Menschenglückes zu empfinden, aber dasselbe zu untergraben bemüht ist. O Wilhelm! meine Liebe zu dir ist zu einer Riesenstärke gewachsen, zu einer Stärke, die nur der Tod verringern kann. (Wilhelm hört noch die lezten Worte.).

Dritter Auftritt.

Pasch. (leis.) Bennide! (Wilhelm stürzt in ihre Arme)

Wilh. Bennide!

Ben. Wilhelm!   (Pause)

Pasch. (dazwischen) Was seh' ich? (beide zu seinen Füssen)

Wilh. Gnädigster Herr!

Ben. Mein Fürst!

Pasch. (für sich) Tod und Pest (laut) Wie? ihr habt vielleicht dieses Mädchen gewählt? Benniden, die reizvolleste, die schönste meines Harams?

Wilh. Gnädigster Herr! euer Fürstenwort ist mir Bürge.

Pasch. (Pause, voll Grimm) Ja, ja, es seye — es seye — (bitter) Das Mädchen seye euer; aber hört mich, ich schwör euch bei Alla, und dem grossen Propheten, erfüllet euer Versprechen, verrathet uns die Christen, oder euer Kopf sey das Opfer eurer Frechheit; siebenfacher

Fluch

Fluch treffe euch, und eure Nachkommen, mit meinen Nägeln will ich euch die Seele aus dem Leibe reiſſen, und euer Herz ſoll die Morgenſpeiſe meiner Hande ſeyn.

Ben. Ich zittre, gnädigſter Heer!

Wilh. Bennide! nicht zaghaft, er kennt mich nicht, (laut) gnädigſter Herr!

Paſch. (in verlorner Stellung) Ha! warum zittern meine Füſſe, als wenn ich an einem ſteilen Felſenſtück ſtünde, und das Erdreich bebte; als wenn ich hinabſchauderte in den fürchtrrlichſten Abgrund, und unter mir ein Heer von Nattern und Schlangen ziſchen hörte; warum bebt mir die Hand? warum beginnt mir die Zunge zu ſtocken? warum fängt mein Buſen ſo ängſtlich zu klopfen an? — Alla, Alla, (Pauſe) Benide! verlaß mich. (ab)

Wilh. Und ich, mein Fürſt!

Paſch. Werde euch ruffen laſſen, wenn ich euch verlange.

Wilh. (ab, Pauſe)

Paſch. Ja, es ſey — Verderben, Tod über die Chriſten, dies ſey das Looſungswort unſerer Armee. Alla! dies ſey das Opfer, das ich dir bringe. Mahomet! du erſter der Propheten! wütende Rache entflammte deine Seele, als du vor Mekka lageſt, und du tauſende der Gauer niederſäbeln lieſſeſt. Flamme jezt in mir den Funken an der in deiner Seele glühte, laß Rache ſprühen, gleich einem giftigen Drachen, laß Rache ſprühen gegen die Chriſten, daß ſie durch meine Hand dahinſinken, durch unſer Schwerdt ſiebenfach aufeinander gethürmt in vermoderten Leichen. (ab)

(wie er eben in die Seitenthür will, kommt Duvani.)

P   Vier-

Vierter Auftritt.

Pascha, Duvani.

Pasch. Fürst! groß ist euer Einsicht, und weit umfassend euer Verstand. Der junge deutsche Offizier leistete uns heute bei Anbruch des Tages wichtige Dienste.

Pasch. (zornig) Was that er?

Duv. Heute früh — die Morgenröthe graute kaum, der Mond stand noch am Himmel, und der anbrechende Tag verdrang die Dämmerung, so sahen wir durch unsere Ferngläser auf dem Wartthurm einige Mannschaft unserem Gebiethe sich nähern; die Vorposten witterten Gefahr, gaben Feuer, der Feind zog sich zurück, unsere Leute verfolgten sie, nahmen ihnen 2 mit Proviant stark bepackte Fregatten weg, und brachten sie hieher.

Pasch. Ist das Volk ruhig?

Duv. Ich hatte Mühe, dasselbe zu besänftigen; als die Schiffe anlandeten, strömmte es hauffenweis zusammen, und wollte Gewaltthätigkeiten gebrauchen; es glühte vor Begierde, sich der Beute der Deutschen zu versichern. Ich ließ die Mannschaft verstärken; endlich verließ es den Ort, rief blutdürstend durch die Stadt: Rache und Verderben demjenigen, der uns zu plündern hindern will; Gnädigster Herr! ich befürchte noch die übelsten Folgen.

Pasch. Die übelsten Folgen? ihr seyd Muselmänner, und führet diese Sprache? — Verlaßt mich alle. — Feigheit ist der Schild eurer Seele, und Kleinmuth regiert jeden eurer Athemzüge. Wenn das Volk Unruhe äussert, so

stil-

stillet es durch Geld; Aufrührer und Rebellen zermezelt bei dem ersten Gedanken, der in ihrer Seele keimt, und ihr werdet siegen, werdet siegend Mahomets Fahne auf der Christen Thürmen wehen sehen. (ab mit Stolz)

Duv. (sieht ihm nach, Pause) Feigheit ist der Schild eurer Seele, und Kleinmuth regirt jeden eurer Athemzüge? hm! Bey dem Propheten! das greift mich an; Zaida! Zaida! nicht umsonst sollen diese Worte deiner Zunge entschlüpft seyn; du entehrtest mich, entehren? ha! Mord und Tod komm über mich, wenn ich mich nicht dafür räche. (ab)

Fünfter Auftritt.

Kaspar, Lina als Oesterreichisches Bauernmädchen reizend gekleidet, schauen beyde furchtsam zur Thür herein.

Casp. Da ist kein Hund, will g'schweigen erst n' Mensch, komm — komm, wir wollen weiter.

Lin. Ich dächte aber, wir sollten hier warten, bis er kommt; ich hörte so eben von Wilhelm, daß der Pascha wegen Benuide von Wuth und Rache glühe.

Casp. Deswegen sag ich ihr, sey sie nur recht lustig und munter, damit der Pascha wieder in n' guten Humor kommt. (ab)

Lin. (allein, Pause.) Gott! wenn ich an meine Unternehmung denke, wenn ich an die Gefahr denke, die mir bevorsteht, jedes meiner Gebeine fängt an zu beben, und jeder meiner Sinne beginnt, mich zu verlassen. O Vater! Vater! Mutter, Geschwister! ich habe alles verlassen, um euch durch meine Unternehmung, vielleicht

P 2   durch)

durch den Verlust meines Lebens, eurer drücken-
den Armuth zu entreissen? der Gedanke, euch
glücklich zu machen, der Gedanke, euch in die
Arme des Wohllebens zu führen, o er lächelt
mich an, verschließt vor meinen Augen den fürch-
terlichen Abgrund, dem ich entgegen wandle,
macht mich vor Gefahren taub, macht mich kühn,
alles zu wagen, um euch, und Vaterland, um
Ehre zu retten. (Pause, kniet hin mit gehobe-
nem Blick) Gott! Erforscher meiner Seele! du
kennst den Antrieb meiner Handlung, seegne sie,
ich schwöre dir vor deinem unsichtbaren Antlitz
meine Ehre zu schützen, und der Tugend getreu
zu bleiben, schwöre dir hier auf den Knien, so
lang ich lebe, soll Dank von meinen Lippen strömen, und Anbetung für deine Hilfe sey die glück-
liche Bestimmung deines Christenvolkes. (steht
auf) Ha! wer kommt.

Sechster Auftritt.

Lina. Wilhelm.

Wilh. (unter der Thüre, ruft) Lina! der
Pascha kömmt. (ab)

Lin. (eilend) So will ich mich entfernen.
(mit Entschluß) Allmächtiger Gott! wenn du
meinem Vorhaben Beyfall schenkst, so komms
dein Segen über mich. (ab)

Siebenter Auftritt.

Kaspar. Pascha von der Seitenthür.

Pasch. Was verlangst du? meine Laune ist
heute nicht dazu gestimmt, mich durch deine
Schwänke zu unterhalten.

Kaſp. (zieht ſein Sacktuch heraus, fängt an bitterlich zu weinen, fällt ihm zu Füſſen.)

Paſch. Was fehlt dir, warum weineſt du?

Kaſp. O lieber, gnädigſter Herr! we — we — wenn ihr mir verſprechen wollt, daß ihr mich uit aufhängt, ſo will ich euch ein Geheimniß entdecken.

Paſch. Biſt du vielleicht in Verrätherey verwickelt?

Kaſp. Nichts Verrätherey, mit dergleichen Sachen geb ich mich gar nicht ab; ich hab z' Haus ein wunderſchönes Mädl verſteckt; vor ein paar Jahren hab ichs mit hieher gebracht.

Paſch. Iſt ſie ſchön? ſteh auf —

Kaſp. Und wie erſt, s' iſt zwar nur ein öſterreichiſches Bauernmädl, aber ihr Gnaden! Augen hats, ſo ſchwarz wie Vogelbeer.

Paſch. (für ſich) Der Kerl bringt mich doch immer wieder durch ſeine Heiterkeit zu meiner frohen Laune zurück; holl das Mädchen herbey.

Kaſp. Ja, ihr Gnaden! ich habs ſchon da, ich habs nett ankleiden laſſen, das Mädl muß herrlich ausſehen. (ab)

Achter Auftritt.

Paſcha, Lina munter, Kaſperl führt ſie herein.

Kaſp. Da hinein geh, Nickel kleiner!

Lin. Nun was iſts, was ſoll ich jetzt da machen? (zu Kaſp.) Hört, Vetter! der Herr da guckt mir ja ganz abſcheulich ins Geſicht; wer iſt er denn, daß er ſo glänzende Sternel auf dem Kopf trägt?

Kaſp. Neig dich hübſch tief, haſts gehört, tiefer — tiefer — noch tiefer, s'iſt ja der Herr Paſcha. (neigt ſich bäuriſch.)   Lin.

Lin. (geht im zu, will ihm den Rock küssen) Wer? der Herr Pascha seyd ihr? schaut, mein Michl wird sich freuen, wenn ich nach Haus komm, und ihm sag, daß ich den Herrn Pascha gesehn hab. (zu Kasp.) nun — nun, der Mensch wär n' hübsch Mannsbild, wenn er den grossen Bart nicht hätt.

Pasch. (der indessen in Gedanken ohne einen Blick von ihr abzuwenden da stund.) Bey dem Propheten! ein solch Mädchen sah ich noch nie; welche Unschuld in ihrem Gesicht, welch Feuer in ihren Augen, welche Natur in ihrer Sprache; ihre Munterkeit bezaubert mich. (laut) Nun, wie gefällt dirs hier?

Lin. (mit der Schürze spielend) Ja! wenn ichs euch im Vertrauen sagen soll, blutschlecht.

Pasch. Und warum denn?

Lin. Warum? das ist mir n' kuriose Frag, weil die Mädl hier vor euch nicht sicher sind; bey mir z' Haus, ja da dürfen wir bey Tag und bey Nacht frey und frank herumgehen, s' rührt uns kein Mensch an; aber hier, pfui Henker! mein Vetter hat mich ja schon über Jahr und Tag einsperren müssen.

Pasch. Einsperren müssen? warum?

Lin. Ja schaut, das Ding kann ich euch nicht so recht sagen, wie ich gern möcht; ich, ja — ich weiß wohl warum, und ihr, ihr wüßts auch, und doch darf ichs nicht sagen.

Pasch. Welche Einfalt, welches Gepräg der lieben Natur.

Lin. Ich hab halt immer gehört, daß die Türken so schlimme Leute sind, und daß sie (Pause) nun, das andere sag ich euch, wenn ich einmal besser Zeit dazu hab.

Pasch.

Paſch. (zu Kaſp.) Ein herrliches Mädchen, verlaß mich.

Kaſp. (für ſich) ha, ha, ha! es wirkt; Mädl, Courage, es geht; (zu den Paſcha) nun behagt euch das öſtreichiſche Produckt, Herr Paſcha!

Lin. (für ſich) Bis daher geht es erwünſcht.

Paſch. Verlaß mich, und geh.

Kaſp Er geht ſchon, er geht ſchon, Mädl Courage! (ab)

Lin. Nun! was ſoll denn das wieder ſeyn, ich geh mit.

Paſch. Nein, du bleibſt.

Lin. Ey ja wohl, ich kann unmöglich allein bey euch bleiben. (will fort)

Paſch. Bleib, ſchönes Mädchen! ich ſchwör dir bey meinem Bart, daß dir nichts geſchehen ſoll.

Lin. Bey eurem Bart? ha ha ha! da geb ich keinen Zweyer drum, der müßt herunter, wenn ihr mein Mann wäret.

Paſch (umfaßt ſie) Komm in meine Arme, ſchönes Mädchen!

Lin. (wendet ſich los) Ah ſo gehts mit den Narrheiten, es wird mir ganz kruſelicht, wenn mich ein türkiſcher Mann angreift.

Paſch. (ſtolz) Du wendeſt dich aus meinen Armen, du verſagſt mir Liebe, kennſt du meine Würde, Mädchen! weiſt du, wer ich bin.

Lin. (mit einem Kniks) Ihr ſeyds der Herr Paſcha

Paſch. Aber auch Herr über dein Leben, Herr deiner Freyheit. Sklavin! wenn du mich liebſt, ſo will ich dich glücklich machen.

Lin.

Lin. Lieben? ich n' Türken — pr — pr-
Gott bewahr mich!

Pasch. Und warum entsetzest du dich so dafür? glaubst du, die Natur habe uns Muselmännern die edelste aller Empfindungen, die
Liebe versagt.

Lin. Ei ja wohl, das glaub ich nit, ich
meine vielmehr, daß ihr als z' viel liebt.

Pasch. (feurig) Mädchen! du gefällst mir.

Lin. Hu, hu, hu, Ihr seyd ja voll Feuer,
eure Augen funkeln nit anders, wie u' paar
Stern am Himmel.

Pasch. Woher bist du denn gebürtig? liebes Mädchen!

Lin. Aus einem Döfel, eine Stunde von
Wien, auf der Straße, wo man nach Linz zu-
fährt, es heißt Hütteldorf.

Pasch. Und wie nennst du dich denn?

Lin. (mit einem Kniks) Zu dienen, man
hat mich z' Haus immer die schöne Jungfer Le-
nerl geheissen.

Zehnter Auftritt.

Vorige, Janitscharen, deutsche Matrosen in Ketten.

Aga. Gnädigster Herr! ihr verlangtet die
gefangene Schiffsoldaten zu sehen.

(Alle stürzen zu seinen Füssen.)

Lin. Was hat denn itzt das wieder zu bedeuten, warum haben denn die Menschen Schnüre
um den Hals?

Pasch. Weil sie erdrosselt werden sollen.

Gef. Und warum, gnädigster Herr! ist
nicht Liebe zum Leben der erste Wunsch, der
sich in der menschlichen Seele erhebt? und pflanzte

te nicht Natur dieſen Trieb, dieſe Liebe in unſer Herz, wie könnt ihr ſo grauſam ſeyn, Menſchen ein Leben zu nehmen, um deſſen Gabe ihr kein Verdienſt habt; Oder glaubt ihr, ein Recht zu beſitzen, uns deſſelben zu berauben, weil wir unſere Pflicht thaten, und für unſer Vaterland ſtritten? könnet ihr das Herr! hier iſt mein Hals, mein Kopf, aber erlaubt mir mit dem Gedanken zu ſterben, daß ihr ein Unmenſch ſeyd.

Paſch. Fort, erdroſſelt ihn, des Chriſten Stolz muß gedämpft werden, ſein Trotz ſey das Ende ſeines Lebens.

1. Sk. Herr! Gnade für unſer Leben.

Lin. (hebt ſie auf, nimmt ihnen die Schnüre ab, wirft ſie auf den Boden) Ey was, wozu die Umſtände, wer wird denn da n'Menſchen ohne Urſach umbringen wollen; ihr müſt leben bleiben.

Paſch. Halt ein Mädchen! er muß ſterben, und auch du (Pauſe) muſt ſterben, wenn du mic nicht Liebe verſprichſt.

Lin. Was, ich ſterben, nun das wär n'ſaubere Affair (munterer, ſchmeichelnd, will ihn an Bart nehmen) ſeyds wieder gut, ſchaut einmal, was ich für ein munteres Mädel bin; ich kann hübſch ſingen, kann hübſch tanzen, und kann ſonſt noch artige Sachen, kommt her, ſeyds brav (nimmt ihn, will mit ihm herumtanzen Erſtaunen auf allen Geſichtern)

Paſch. Laß mich (für ſich) das Mädchen kann mit ihrer natürlichen Zauberkraft aus mir machen, was ſie will (laut) Verlaßt mich, führt die Gefangenen ab, ſchickt Neran zu mir, und erwartet weitere Befehle.

Aga.

Aga. (im Abgehen) Grosser Prophet! was hat das zu bedeuten, nun fängt das Weiberregiment an, Mahomet steh uns bey. (alle ab)

Zehnter Auftritt.

Pascha. Lina.

Pasch. (Pause) Mädchen! bewundere meine Lanamuth, Achmet Zaida war nie gewohnt, Weiber um ihre Gunst zu bitten, mein Wink war ihr Geboth, entschließ dich, hier zu bleiben, ich will dich in mein Haram aufnehmen.

Lin. Haram, was ist das für ein Ding?

Pasch. Der Ort, den meine Weiber bewohnen.

Lin. Pfui Henker! was ist das, also habt ihr mehr, als eine Frau; dürft ihr denn mehr als eine nehmen? bey uns draussen in Deutschland ist das Ding abscheulich verbothen.

Pasch Mahomets Gesetz erlaubt uns mehrere Weiber.

Lin. Schaut, schaut! das hab ich noch nicht gewußt; das Ding gefällt mir nicht übel, aber hört, dürfen die Weiber auch mehr, als einen Mann nehmen?

Pasch. Mahomet bewahr, dieses Verbrechen wird mit dem Tode gestraft.

Lin. Schaut, das gefällt mir schon wieder nit, o du lieber Himmel! wenn das bey uns mit dem Tode bestraft würde, wie oft müßt da gehenkt und geköpft werden, aber so sagt mir nur um aller Welt Willen, was wollt ihr denn mit mir, wenn ihr schon so viele Weiber habt.

Pasch Dich lieben, dich lieben will ich, schönes Mädchen! eben recht, daß du kömmst.

Eil-

Eilfter Auftritt.

Vorige. Neran.

Ner. Gnädigſter Herr!

Paſch. Neran, ihr holet die prächtigſten Kleider meiner Favoritin herbey, dieſes ſchöne Mädchen wird ſich entſchlieſſen, den Verluſt Benidens zu erſetzen, und mein gegebenes Fürſtenwort geltend zu machen.

Ner. Gnädigſter Herr, das Mädchen iſt 1000 Löwenthaler mehr werth, als die vorige, ihr gutes Ausſehen, ihre ſchwarze Augen.

Lin. Wer iſt denn der alte ſchwarze Käfer da?

Paſch. Dieſer Mohr hier wird dein Aufſeher.

Lin. (lacht aus vollen Hals) Mei — mein Aufſeher! was wird denn n'jungs Mädl mit ſo einer alten ſchwarzen Dienerſchaft machen?

Ner. (für ſich) Hu! das Mädchen hat Feuer.

Paſch. Sieh Mädchen, wenn du dich bequemeſt, dieſem Mann hier zu folgen, ſo geb ich dir zum Zeichen meiner Gnade dieſe Nadel (nimmt eine brillantne Nadel vom Kopf)

Lin. Was ſoll ich denn mit dem Ding da machen? (wirft ſie weg)

Paſch. Wie? du verachteſt meine Geſchenke, dieſe Nadel iſt 6000 Löwenthaler werth.

Lin. Was iſt ſie werth? 6000 Thaler, ja das iſt was anders, wenn man ſo viel Geld dafür kriegt, ſo behalt ichs (ſteckt ſie an den Buſen)

Paſch.

Pasch. Morgen aber, liebes Mädchen, wirst du dich entschliessen, die muhametanische Religion anzunehmen.

Lin. Was fällt euch ein.

Zwölfter Auftritt.

Vorige. Wilhelm.

Wilh. Gnädigster Herr!

Pasch. Hört mich an, ich übergebe euch die oberste Stelle des Kommando, eure Tapferkeit ist mir Bürge, daß ihr für unsre Ehre fechten werdet.

Wilh. Gnädigster Herr, wie verdiene ich diese Gnade?

Pasch. Durch dieses Mädchen hier, eurer Landsmännin.

Wilh. Sie wird vielleicht eure Favoritin.

Pasch. Sie wirds.

Wilh. (fällt vor sie hin) Gnädigste Fürstin!

Lin. Nun, so stehts nur auf.

Pasch. Und hier (gibt ihm einen kostbaren Ring) dieß sey das Zeichen meiner Gnade; Morgen nach Sonnenaufgang ist eure Einweihung, Abschwörung, und dann verwechselt ihr diese Kleider mit den unsrigen, 10000 Löwenthaler sollen unter das Volk ausgetheilet werden, und sogleich sage man den Imanen, daß diese Ceremonie Morgen in Mahomets Moschee vorgenommen werde. Alles muß Zeit und Weile haben; Pflicht, so wie die Liebe; jetzt sey die letzte Unterhaltung.

(Man hört in der Entfernung einige Kanonenschüsse, dann näher, auch trommeln, dann trompeten, Lärmen auf der Strasse, alles wird unruhig, lauft zusammen.)

Pasch.

Pasch. Mahomet! was ist vorgefallen, auf
eilet —

Dreyzehnter Auftritt.

Vorige. Duvani. Andere.

Duv. (eilend) Gnädigster Herr! der Posten auf den Wartthurm sahe feindliche Soldaten unserer Vorstadt sich nähern.

Pasch. Alla steh uns bey, auf, zieht eure
Klingen, streitet mit Türkenmuth für unsere Ehre, kommt folgt mir.

Mer. Ich besorge das Mädchen (man hört
wieder Lärmen, Meran mit Linen ab)

Vierzehnter Auftritt.

Vorige. Aga eilend.

Ag. Harret gnädigster Herr! es ist schon
alles vorüber; 6 deutsche Soldaten mit einem
alten Offizier erfrechten sich durch einen verbor-
genen Gang unsere Stadt zu spioniren, der Posten machte Lärmen, unsere Spahis und Janitscharen ritten eben dahin ihnen aufzulauern
(man hört wieder Lärmen, tromeln, trompeten.

Pasch. (zieht den Säbel) Folgt mir auf
den Platz, haltet das Volk zurück; Mahomet sey
unser Schutz, Alla ist unsere Hilfe.

Alle. Alla ist unsere Hülfe, Mahomet der
Prophet der Führer unsrer Truppen (alle mit
Lärmen ab)

Fünf-

Fünfzehnter Auftritt.

Straße durch die ganze Bühne, im Hintergrund die Häuser erleuchtet. Auf beiden Seiten strömen Janitscharen heraus, ihre Säbel in der Hand, anders Volk, viele Menschen. Fackeln. Türkische Fahnen. Man hört immer nahe und näher Kanonenschüsse, Trommeln und Trompeten, sie bringen 6 teutsche Soldaten und einen alten Offizier, schleppen sie herbey, wollen sie ermorden, Duvani, Aga, andere.

Duv. Haltet ein, nähere Untersuchung muß ihre Sache schlichten, wer seyd ihr?

Alt. Wie ihr an meinem Rocke seht, euer Feind.

Duv. Und du erfrechst dich noch in deinem Alter, Mahomets Söhnen die Spitze zu bieten, und deine Klinge wieder die Muselmänner zu ziehen.

Alt. Das war ich gewohnt als Jüngling, ich war es gewohnt als Mann, was ich als Greis unternehme, sehet ihr jetzt.

Ein Jan. Schlaget ihn tod, den Hund.

Duv. Haltet ein, der Pascha kömmt.

Sechzehnter Auftritt.

Vorige. Pascha. Gefolge.

Pasch. Wie? was seh ich, dieser schwächliche Greis ein Spion, Alter! wärest du zu Hause geblieben, du hättest deinen Ehrentod ruhig erwarten können, aber jetzt ist die Schnur dein Lohn.

Alt. Die hab ich bey euch holen wollen, deswegen bin ich da.

Pasch. Bey den Muselmännern? (für sich) welch unerschrockener Muth auf des alten Gesichte thront (laut) Morgen mußt du sterben,

Alt.

Alte. Noch lange bis morgen; heute hätt’ ich um Aufſchub gebeten.

Paſcha. Und warum?

Alte. Weil ich meine Urſache dazu habe; ehe die Mitternacht kommt, werdet ihr ein Unglück erleben.

Paſcha. Alla! Alla! ſteh uns bei.

Alle. Alla, Alla, Mahomet!

Paſcha. Auf! laßt die Kriegstrompete erſchallen, laßt die Trommel rühren, rufet ins Gewehr, bringt mir mein Pferd herbei.

(Man trommelt und trompetet, man hört kanoniren.)

Duv. Verwahret die Gefangenen gut.

Paſch. Auf! folget mir — (zieht ſeinen Säbel) Tod, und Verderben über die Chriſten — Alla iſt unſer Schutz.

Alle. Alla iſt unſer Schutz — Alla iſt unſer Schutz!

Alle mit Lärmen ab, der Vorhang fällt.

Dritter Aufzug.
Erſter Auftritt.

(Verſetzte Straſſe. Im Hintergrund ein ſchifbarer Fluß, hinter demſelben auf der linken Seite ein hoher Wartthurn, oben hängt eine Laterne, dabei eine roth und grüne Fahne: Man ſieht einige Schiffe mit rothen Flaggen, andere mit zerſchiedenen Farben. An dem Ufer ſieht man Kiſten, und Fäſſer, die in den Kouliſſen verſetzt ſind, als wenn deren viele wären: Ein Janitſchar zur Wache. Kaſper ſchleicht ſich herbei, einen hängenden Korb mit Koffee an ſich, worinn er nach Art der Muſelmänner hauſieren geht.

Kaſp. (ſchaut ſich umher) Jezt heißts, entweder — oder — Vogel friß oder ſtirb.

Jan,

Janitsch. (hört ihn) Ich höre Jemand — Wer da?

Kasp. Gut Freund, Jezt hat ihn der Teufel schon da.

Janitsch. Wer da? sag ich.

Kasp. Tausend Sapperment! nur Geduld, ich bin ja der deutsche Koffesieder, schaft der Herr n' Becherl? Ihr habt mich ja erschröckt; müßt ihr denn so schreien, wie ein Nachtwächter.

Janit. Packt euch eure Weg. Ich hab kein Geld.

(Einige vermummte Kerls schleichen sich herbei, so wie er die Tasse zum Mund gethan, und getrunken hat, fallen sie ihn hinterrucks an, der eine nimmt den Säbel, der andere hält ihm den Mund zu)

Kasp. Schadt nix, trink der Herr gratis — die Zeche wird schon bezahlt, hier —

Janit. Alla — Alla! (trinkt)

Kasp. (für sich) Profit, das Schlaftrünkel wär drunten (ruft) Lina, hahaha! der erwacht vor n' 24 Stunden nicht, das weiß ich, mein Opium Koffee wird ihn schon in die Purganz nehmen. (ab)

Zweyter Auftritt.

Kasper, 2 derer Leute, worunter Neran ist.

Ner. Nun müssen wir uns noch des Janitscharen auf dem Wartthurn versichern; Kerls! jeder von euch beiden ist zum Meuchelmörder gemacht; wer mir des Janitscharen Kopf bringt, dem sind 50 Löwenthaler sein Lohn.

1ster Jan. 50 Löwenthaler! ich brenne vor Verlangen, das Geld zu verdienen.

2ter Jan.

2ter Jan. Für 50 Löwenthaler bring ich euch, wenn ihr wollt, 50 Köpfe. (ſteigen beide hinauf)

Ner. (allein) Alſo hier ſind die Proviant-kiſten? ein Wagſtück, eine Unternehmung, die den Franken Ehre macht. Ja, meine Hülfe ſey zu ihrem Geboth. Was verlier ich, nichts? war lang genug unter Mahomets Fahne ein Schur-ke, nun, will ich einmal ſehen, wie es ſich von Schurkenverdienſt ehrlich in Deutſchland leben läßt; ha! wer kömmt? es werden die Gefange-ne ſeyn. (ruft) Wer da? Looſung —

Dritter Auftritt.

Nerau, der alte Vollan, Aga, die Gefangene, die Matroſen.

Voll. Lina — (geben ſich alle die Hände) Mitverſchworner! Muth und Tapferkeit ſey das Sinnbild unſerer Unternehmung.

Jan. (Oben auf dem Wartthurn) Wer da! Loſung!

1ſter Jan. Die Loſung iſt Achmet, ich bring neue Ordre. (Man hört den Hieb, und ſieht den Janitſcharen ſinken) Herr! die 50 Löwenthaler ſind verdient, hier iſt der Kopf: (wirft ihn in den Fluß)

Ner. Nun können wir hier vor Verrätherey ſicher ſeyn — wohlan, Freunde! tretet näher, ich ſchwör, heut um Mitternacht euch den Paſcha zu verrathen, ſchwör euch zur Ausführung eu-res Plan's verhülflich zu ſeyn, ſchwöret ihr mir bei eurem Gott, dem ihr dienet, Leben und Tod mit mir zu theilen, ſo leget dieſe eure Rechte auf mein Schwerdt.

Alte

Alte Boll. Ich schwöre bei meinem grauen Haar.

Alle. Wir schwören.

Vierter Auftritt.

(Die vermummte bringen des Janitscharen Kleider, und Rüstung, so auch die andern vom Wartthurn)

Herr — hier —

Mer. Ich bleib euer Schuldner, hier indessen diesen Beutel — Nun, wohlan! laßt uns in Allas Namen das Werk beginnen.

(sie geben an die Kisten, öfnen sie, etliche 20 Mann mit Gewehr und Rüstung kommen heraus)

Alte Bol. Willkomm, Landsleute! willkomm, meine Kinder! nicht wahr, 24 Stunden so eingekerkert, da schmecket frische Luft gut.

Mer. 2 derer Leute kleiden sich um, der eine besezt den Wartthurr, der andere bleibt hier.

Alte Bol. Höret, Kinder! eure Losung ist Lina, so wie ihr sie höret, bemächtiget ihr euch der Thore, mordet nicht ohne Ursache, plündert nicht; der deutsche Soldat ist Mensch, er muß nie vergessen, diesen Ehrentitel auch bei dem Feinde zu behaupten.

(das arme Weib geht mit ihren Kindern über die Straße, um Wasser zu hohlen, sinkt)

Aga. Jezt kommt! ich führ euch durch einen verborgnen Gang in ein unterirrdisches Gewölb, es fängt schon an zu tagen.

Alte Bol. Und ihr (zu dem Soldaten, der auf den Wartthurn geht) seyd auf eurer Hut, sobald es Zeit ist, so gebt ihr das Zeichen zur Eröfnung der Stadtthore, wir gehen wieder zu unserem Posten, Freunde! legen unsere Ketten an,

und

und wollen dem Allmächtigen vertrauen, er wird
uns schützen. (diese auf der einen, die andern
auf der andern Seite ab

Fünfter Auftritt.

(Das Weib kommt herfür, hernach Kaspar mit Kaffe wieder)

Alte Weib. Was hab ich da gehört? was
hab ich da gesehen? grosser Prophet! deutsche
Soldaten?

Kasp. Sags ja, wo der Teufel nichts verrathen kann, schickt er ein altes Weib hin,

Weib. Es wird doch keine Verrätherey an-
gesponnen werden? das muß ich dem Pascha entdecken; kommt Kinder! der gute Herr gab euch
gestern noch Geld, um euern Vatern aus dem
Schuldthurn zu befreyen, wir wollen zu ihm hin.

Kasp. (für sich) Das wär aber n'verfluch-
ter Streich (laut) Kaufts Koffee — Koffee —
Koffee — ein Becherl für n' kleines Asperl —

Weib. O mein lieber Freund! wir sind arme Leute., Koffeetrinken schickt sich nur für die
Reiche.

1tes Kind. Aber Mutter! nur n'bißl.

2tes Kind. Nur n'klein bißl — ich möcht
gar zu gern Koffee. (bittend)

Alte Mut. Ich habe ja kein Geld, meine
Kinder!

Kasp. Kommts Kinderl! trinkts, es wird
heut auf des Pascha Befehl alles mit Koffee traktirt (gibt, sie trinken)

Alte Mut. Aber sagt mir doch, guter Freund!
(indem sie trinkt) Ich habe deutsche Soldaten
von dem Plaz da weggehen sehen.

Kasp.

Kasp. Habt ihrs gesehen? ich auch, — eben deswegen wird die ganze Stadt mit Koffee traktirt; trink die Frau nicht zu viel, der Koffee ist stark, sie könnt sonst das Aufwachen vergessen; kommt, kommt Kinderl! mit in mein Koffeehaus, (der Janitschar kömmt, stellt sich auf den Posten) da will ich euch traktiren, daß ihr eine Freude haben sollt.

Alte W. Nun, so kommt — (nimmt die Kinder am Arm ab)

Kasp. Wenn ich alle gefährliche Leute in der Stadt mit meinem Opium Koffee stumm machen könnte, so wär ich bald der reichste Koffeesieder in der Welt.   (ab)

Sechster Auftritt.

(Des Pascha Kabinet.) Pascha, Hassan, Sklaven.

Hass. Wie?, gnädigster Herr! noch fängt es kaum zu tagen an, und ihr seyd schon in voller Kleidung, wie ich euch gestern sahe?

Pascha. Ich warf mich, ohne mich auszukleiden, auf mein Ruhebett; wollte nach Mitternacht eine Stunde der erquickenden Ruhe geniessen, allein der Schlaf floh mich; ich wälzte mich in unruhigen Träumen umher, und sahe dem anbrechenden Tag mit Sehnsucht entgegen, um meine heissen Wünsche zu befriedigen.

Hass. Eure heissen Wünsche? gnädigster Herr! und die wären —

Pasch. Die schön Oesterreicherin! — Hassan! vergangene Nacht, daß ich von Kriegsgetümmel träumte, und diese — o der Gedanke! Besitzer dieses reizenden Mädchens zu werden, verließ
                                                            mich

mich nicht mehr, verfolgte meine erhitzte Phantaſie —

Haſſ. Gnädigſter Herr! ein Wink nur, und
der Sieg iſt euer.

Siebenter Auftritt.

Vorige. Duvani, (verſtellend)

Duv. Gnädigſter Herr! es iſt alles ruhig,
ich glaube faſt, daß uns der alte feindliche Soldat mit Unwahrheit hintergangen hat.

Paſch Er ſoll gleich bei Anbruch des Tages erdroſſelt werden.

Duv. Aber gnädigſter Herr! der Mann hat
60 Jahre, das Alter verdient unſere Hochach-
tung und ſeine weiſſen Haare machen ihn als
Kriegsmann ehrwürdig, ich ließ ihn hieherbringen, er kommt.

Achter Auftritt.

Vorige. Der alte Bollan in Ketten (mit einer Schnur um
den Hals, Wache)

Bol. Fürſt! 60 Jahr bin ich alt, ich habe
nie in meinem Leben geſchmeichelt, werde auch
euch nicht ſchmeicheln — Komme nicht, um durch
Schmeicheley von euch mein Leben zu erbitten.
Nein! dieſe Schnur ſagt, daß ich ſterben muß —
Ihr ſeht, Fürſt! meiner Jahre Zahl; glaubt mir,
daß unerſchrockener Muth, und Tapferkeit meine
Haare zu dieſer Weiſſe grauten; Ihr ſeht, Fürſt!
daß ich nicht vor dem Tod zittre. ſeht, daß ich
ohne zu blinzeln einem Tyrannen in das Auge

P 3   ſe-

sehen kann. Aber erlaubet mir die einzige Gnade, euch, ehe ich sterben muß, eine Geschichte älterer Zeit zu erzählen.

Pasch. Das sey euch vergönnt.

Bol. „ Einst lebte ein egyptischer König; wenn mich mein Gedächtniß nicht trügt, so hieß er Sesostris — Dieser König, stolz auf Geburt und Thron, ließ einst statt der Pferde 4 Menschen an seinen Waagen spannen, und sich von ihnen durch die Stadt führen. Einmal, da er so im Triumph einherzog, sah er, wie einer davon mit unwandbarem Blick die Wagenräder betrachtete; der König fragte um die Ursache: Ich bewundere, sprach er, das Wandelbare des Schicksals; seht hier dieses Rad an, bald ist der oberste Theil unten, bald der unterste oben (pause) Die Moral dieses Märchens überlaß ich euch, mein Fürst — "

Pascha. Für deine Moral sollst du in einer Viertelstunde sterben.

Bol. Fürst! ich war jederzeit gewohnt, Wahrheit zu reden, und wie ich gelebt habe, so will ich auch sterben.

Pasch. Vollziehet sogleich das Urtheil.

Bol. Sogleich — und warum so eilig? glaubt mir, Fürst! bald fängt das Alter an, mich zu drücken, bald wird mir meiner Jahrezahl lästig und unangenehm. Ihr, mein Fürst! habt kaum die Hälfte meiner Tage erlebt; Gott schenke euch für jede Stunde, die ihr mir raubet, ein Jahr eures Lebens, lasse euch, wenn eure Haare grau sind, auch so froh zurücksehen auf die Vergangenheit; denn (mit Nachdruck) glaubt mir, Herr! wenn man stirbt, sieht man gern sein Leben mit guten Handlungen übersäet.

Pa-

Paſch. Ihr ſeyd ein Verräther , ihr ſollt ſterben. —

Boll. Fürſt 40 Jahre , daß ich als Soldat diene ; ich war ein armer Hirtenjunge , durch Rechtſchaffenheit ſchwung ich mich zu einer Hauptmannscharge ; nun bin ich Vater von 14 lebendigen Kindern ; glaubt mir , Herr ! ich würde mich abhärmen , würde die Stunde meiner Liebe verfluchen müſſen , wenn ich nur ein Kind gezeugt hätte , das den Namen Menſch entehren könnte.

Paſch. Führt ihn fort , er ſoll ſterben.

Boll. Fürſt ! eine Gnade , ich möchte gerne noch 2 Stunden leben , möchte mich noch zuvor mit meinem Gott ausſöhnen.

Paſch. Sogleich vollziehe man meinen Befehl , er ſoll ſterben.

Boll. Ha , Barbar ! Tyrann ! — ſieh , daß ich auch jetzt nicht zittre. Ihr wißt noch nicht einmal , eure Feinde der Mittel zu berauben , womit ſie ſich und euch ſchaden können ; ſieh , dieſer Dolch , ich benütze ihn nicht , ſeine Kraft ſey dein Werk , (wirft ihn vor die Füſſe) Tyrann ! ich verachte dich , wiſſe , ſo ſtirbt ein deutſcher Soldat. (ab)

Neunter Auftritt.

Paſcha, Duvani, Haſſen.

(Pauſe.)

Paſch. Ich weiß nicht , Duvani ! in dem Geſicht dieſes Mannes liegt ſo etwas , das ich verabſcheue , haſſe , das mir Furcht erregt ; was deucht euch von ihm ?

Duv.

Duv. Daß er Achtung, Ehrfurcht, alles verdient, was ein Mensch verdienen kann, auch wenn er ein Krist, und unser Feind ist.

Pasch. Das hieße eine Schlange in seinen Busen nähren; einen Feind, der uns gefährlich schein, zu unterjochen, ihm sein Daseyn zu rauben, wenn er uns schaden kann, ist Pflicht, ist Trieb der Natur, und den zu befolgen, lehrt mich Noth, auch, auch wenn ich kein Muselmann wäre. (ab)

Zehnter Auftritt.

Zimmer in dem Haran. Lina auf einem türkischen Sopha von schwarzen und weißen Sklavinin umgeben.

Lina. (als Sultannin prächtig gekleidet, sie sind beschäftigt, sie vollends anzukleiden.)

1. Skl. Nur noch diese Perlschnur, meine Gebietherin!

Lin. (für sich) Gott! wie sehr hasse ich jetzt das prunkvolle dieses Anzuges; verlaßt mich, ich will allein seyn. (steht auf)

1. Skl. Diese Brillantrose noch. —

Lin. Nein, gutes Mädchen! diese hat wenig Reiz für mich — hier, diese Blume, die die Natur pflanzte, und die ich von meinem Bruder erhielt, diese Blumen sollen heute diesen Busen schmücken, und nun — (winkt)

1. Skl. Wir gehorchen. (alle ab. Pause)

Lin. Gott! wie ist mir zu Muth. Mein Unglück ist auf das höchste gestiegen; wenn ich meinen Vater nicht bald zu meiner Rettung kommen sehe, so bin ich verloren; welche fürchterliche Nacht ich durchlebte, fürchterlicher als noch

kei-

keine meines Lebens: wie ſich ſonſt mein Buſen
erhob, bei dem ſtolzen Gedanken, eine groſſe
Handlung auszuüben, und jetzt ſchwindle ich zurück vor deſſen Ende — vor der Gefahr, der
ich entgegen wandle; wenn ich nur meinen Bruder ſehen konnte? o wie es hier pocht, wie fürch-
terlich ängſtlich mir mein Buſen ſchlägt. — O
Vater! Vater! deine Liſt, dein Betrug? nein!
Liebe zu deinem Vaterland, Liebe zu deinen Kindern, deine Rechtſchaffenheit hat mich in dieſen
quallvollen Zuſtand verſetzt; o Gott! wie ich be-
be, zittere, o das Gewiſſen, wahrlich, es iſt
keine Chimäre, daß wir unſern eigenen Richter
in unſerem Buſen tragen.

Eilfter Auftritt.

Lina, Benide.

Ben. (flieht in Linens Arme.) Lina!
Lina!

Lina. Welche Nachricht bringſt du, wo iſt
mein Bruder?

Ben. Ich zweifle ſehr, daß wir ihn jetzt
ſprechen werden. Ich höre ſo eben, daß ihn die
Imanen ſchon in die Moſchee gebracht haben, um
Mahomet Treue zu ſchwören.

Lina. Himmel! wenn du nicht ſchleunige
Hilfe ſchickſt, ſo ſind wir alle verloren. (pauſe.)
O Mädchen! was hab ich unternommen. Mein
Vater iſt noch nicht hier, meinem Bruder, den
mir die Vorſicht hier finden ließ, iſt vielleicht der
Zugang zu mir verſchloſſen; der Paſcha verlangt
Liebe, als Tyrann wird er ſie fodern, wird ſein
Anſehen benutzen, ſeine Gewalt gebrauchen, mich

zu einer verhaßten Liebe zu zwingen. (Pause) Ha!
in welche Labyrinthe von Gefahren bin ich verwickelt; (mit Feuer) ja, eher den Tod; dies
schwör ich, (Pause) den Tod? und noch so frühe die Blume zerrissen, verwelkt in dem Keim
ihrer Blüthe? o ich fühle, ich fühle, daß ich
ein Weib bin, daß mein Herz noch nicht gestählt
ist gegen das bittere Andenken des Grabes. —

Ben. Lina! fasse dich, bestes Mädchen!
die Gefahr, verrathen zu werden, ist nicht so
groß, als du dir einbildest. Neran ist bestochen,
der Oberste der Janitscharen, der unzufrieden
über des Pascha Behandlung ist, hilft uns zu
unserer Verschwörung, wir haben durch diese
beide mehr denn 100 Köpfe, die uns beistehen.
Lina! sey guten Muths! dein Gott, dem du die-
nest, der wird uns retten. (ab)

Lin. Es kommt Jemand, wenn es mein
Bruder wäre.

Zwölfter Auftritt.

Vorige. Neran, Kasper.

Ner. So geh nur hinein, wir können uns
ohnehin nicht lange hier aufhalten.

Kasp. (wie er **Linen** sieht, bebt zurück)
Sapperment! was ist denn das für eine Dame?
ihr habt ja gesagt, Meister Neran! daß ihr mich
zu dem Wienermädl führen wollt.

Ner. Nun, die ists ja;

Kasp. Wie, was seh ich, holl mich der
Teufel, das ist sie. Courage, Jungferl! das
Ding geht alles vortreflich, der schwarze Herr ist
jetzt

jetzt unſer beſter Freund, er hilft uns zu allen Spitzbübereyen.

Lin. Wäre es möglich — was hör ich. — O Mann! wenn du noch nicht in Laſtern grau worden, wenn du nur einen Augenblick gelebt haſt, den du nicht mit Schandthaten beflecktest, wenn du nur eine Sekunde lang einmal den Wonnegedanken dachteſt, kein Schurke gewest zu ſeyn, ſo bitte ich dich, beſchwöre dich hier auf den Knien, auf meinen Knien, ſey ehrlich, Mann! ſey ehrlich, laß nicht Heuchelei und Niederträchtigkeit den Keim deiner Rechtſchaffenheit beſiegen; oder ſollte dich Geiz und Geldgierde (ſteht auf) zur Verrätherey verleiten; ſieh — hier — ſchwör ich dir Befriedigung deiner Leidenſchaft — nimm dieſe Nadel, ſey ehrlich, werde nicht das, was du einfach ſchon ſo oft wareſt, ein gedoppelter Schurke.

Ner. Wozu das alles, Mädchen! die Wachen ſind mit meinen Leuten beſetzt, ſobald die Stunde kommt, iſt das Loſungswort Lina; und wir überfallen den Paſcha.

Lin. Der Himmel gebe ſeinen Seegen — (man hört den Paſcha)

Ner. Groſſer Prophet! ich höre den Paſcha.

Lin. Der Paſcha! — Gott ſteh mir bei. —

Kaſp. (ſpringt komiſch herum) Der Paſcha! was fang ich denn an?

Ner. Wenn er dich hier erwiſcht, ſo muſt du ſterben.

Kaſp. Dank für die Ehre, ich verberge mich in dieſe Seitenthüre (ab)

Ndr. Lina! ein Mädchen, das dieſes unternahm, muß auch bei der dringendſten Gefahr nicht zittern.

Drey-

Dreyzehnter Auftritt.

Vorige. Pascha, Mufti. Neran winkt ihm.

Pasch. (wie er Neran sieht) Du schon hier? so früh, was machst du da?

Ner. Um euch, gnädigster Herr! die erste Nachricht von dem Wohlbefinden eurer Favoritin zu erbringen.

Pasch. Verlaß mich.

(Neran ab.)

Vierzehnter Auftritt.

Pascha, Lina, Mufti.

(Pause) Pasch. Du siehst zur Erde — du seufzest — i h sehe aus deinen schönen Augen Thränen quillen?

Lin. (für sich) Ha ich wanke, beginn zu senken. —

Pasch. Was bringt dich heute zu diesem melancholischen Aussehen? wo ist auf einmal deine frohe muntere Laune, die ich an dir gestern so liebenswürdig fand.

Lin. Gnädigster Herr!

Muf. Ist dieses, mein Fürst! das Mädchen, das ihr zu eurer Favoritin wählet? bei dem Propheten! ich bewundere euren Geschmack. Sie ist schön, werth von euch, gnädigster Herr! geliebt zu werden. —

Pasch. Gestern noch, war sie ein munteres launisches Landmädchen; alle ihre Reden und Handlungen zeigten die Spur der unverfälschten Natur, und heute, ich kann mich nicht fassen.

Muf-

Muf. Vielleicht, gnädigſter Herr! über-
ſchattete ſie im Traum Mahomets Geiſt, und be-
ſeelte ihre Denkkraft mit erhabneren, edleren Be-
ſchaftigungen. Wir haben derer Art Beiſpiele
genug in der Geſchichte.

Paſch. (geht zu ihr hin) Was iſt dir? was
fehlt dir, gutes Mädchen!

Lin. Mein Herz bricht, ich muß ihm alles
entdecken. (laut) O gnädigſter Herr! laßt mich
dieſen Ort verlaſſen, deſſen Mauern von meiner
ſchändlichen Unternehmung widerhallen.

Paſch. Schändliche Unternehmung? — du
ſprichſt Räthſel. Rede!

Lin. O ich kann nicht, gnädigſter Herr!
die Sprache ſtocket mir auf der Zunge. Jedes
Wort, das aus meinem Munde kommt, iſt eine
Lüge; ſelbſt mein Geſicht iſt Betrug, trägt das
Gepräge der Niederträchtigkeit —

Paſch. (zu Mufti) Faſt muß ich glauben,
daß das ſchnelle Glück dieſem Mädchen den Ver-
ſtand zu rauben drohet; komm mit mir, du ſollſt
deines Glückes in vollem Maaſſe genieſſen —
komm — (nimmt ſie an der Hand)

Lin. O gnädigſter Herr! ihr wiſſet nicht,
welch ein ſchädliches Geſchöpf ich für euch bin;
auch, wenn jede Miene Liebe für euch ſpräche,
ſo würde mein Herz voll der ſchwärzeſten Tücke
euch den nahen Untergang drohen; auch wenn
mein Mund die ſüſſeſte Liebe lächelte, jeder meiner Athemzüge ſüſſe Liebe für euch athmete, wenn
ich euch mit den zärtlichſten, feurigſten Küſſen
überſäete, Fürſt! mit einer Hand zög ich euch
hier an mein klopfendes Herz, und mit der andern ſtieß ich euch den Dolch durch den Buſen.

Muf-

Muf. Fürst! wir müssen das Mädchen allein lassen. Sie hat Erhohlung nöthig.

Fünfzehnter Auftritt.

Vorige. Duvani. Nevan.

Duv. Gnädigster Herr, der alte Soldat bittet nur um eine Stunde Aufschub seines Urtheils.

Lin. (für sich) Was hör ich, ein alter Soldat? —

Pasch. Das Urtheil soll vollzogen, der Alte soll erdrosselt werden.

Duv. Aber sein hohes Alter, 60 Jahre, und er scheint ein ehrlicher Mann zu seyn.

Pasch. Ihr hörtet meinen Auftrag, verlaßt mich.

Lin. 60 Jahre? wenn etwa mein Vater (laut) Was sagt ihr, gnädigster Herr! ein alter Soldat, ein Greis von 60 Jahren?

Pasch. Der sich heute erfrechte, unsere Stadt zu spioniren.

Lin. (im verlornen Ton, Hände ringend, sinkt hin) Er ists, er ists, es ist mein Vater.

Pasch. (halt sie) Mädchen! was ist dir? zu Hilfe! woher diese plötzliche Uiblichkeit?

Lin. (erholt sich, für sich) Gott schenke mir Kraft (schwach) Es ist schon vorüber, Fürst! nur eine Gnade, und euch sey meine Liebe, mein Leben, mein Alles geweiht.

Pasch. Alles, was du verlangst, sey dir gewährt; rede.

Lin. Dieser alte Soldat, er ist — er ist, o Fürst! erlaubt mir, ihn noch vor seinen Tode zu sprechen.

Pasch.

Paſch. Und wozu, kennſt du ihn?

Lin. Ob ich ihn kenne, er iſt — (für ſich) wenn ich mich entdecke, ſo ſind wir verlohren; (laut) nein ich kenne ihn nicht, aber —

Muſt. Ich dächte, gnädigſter Herr, ihr lieſ-ſet den Alten hieherbringen.

Paſch. Das ſoll geſchehen, Duvani! be-folget meinen Auftrag (Duvani ab)

Muſt. Und ich, gnädigſter Herr, gehe; um meine Pflicht gegen den Propheten zu er-füllen. (ab)

Paſch. Auch dieſer Wunſch ſoll dir befrie-diget werden, du ſollſt ihn ſehen, und gleich darauf will ich ihn in meiner Gegenwart erwür-gen ſehen, er ſoll ſterben.

Lin. Sterben? ſterben? ha Fürſt! (ſtürzt hin) hier auf den Knien bitt ich, beſchwör ich euch bey eurem Propheten, durchbohret eher meine Bruſt, raubt mir ein Leben, daß ich an-eckle, reiſſet mir mein Herz aus dem Buſen, das euch nie lieben wird, wenn ihr ein Bar-bar ſeyd.

Paſch. Ich ſtaune, meine Sinnen verlaſſen mich, bey Alla! Mädchen, wäreſt du nicht ſo ſchön, ſo reizend, als du biſt, ich könnte dir mit eigner Hand den Dolch in den Buſen ſtoſſen.

Lin. O könntet ihr das, Fürſt! der erſte Tropfen Blut, der aus meinem Buſen quillt, ſey der innigſte Dank, ſey der erſte Augenblick meiner Liebe zu euch; ſterbend, eh ich meine brechenden Augen ſchließe, will ich noch den Dolch küſſen, der mir den Tod gab (ſteht auf, mit Verachtung) Fürſt! ihr ſollet ſehen, wie ein deutſches Mädchen ſtirbt, mit dem Gedan-ken, einen Tyrannen verachtet zu haben.

Paſch.

Pasch. Was hindert mich —

Lin. Hier ist meine Brust, Barbar! Tyrann! durchbohre sie.

Pasch. Wohlan, du nennst mich einen Tyrannen, höre mich, bey Allas allumfassenden Himmel schwör ich dir, Grausamkeit und Unmenschlichkeit sey von nun an, der Stempel meiner Handlungen; Mädchen! heute noch Veränderung deiner Denkart, oder ich schicke dir eben die Schnur, womit der Alte in einem Augenblick erdrosselt wird; blinder Gehorsam ist deine Pflicht, und ihn zu fodern, ist meine Sache. (will fort)

Lin. (hält ihn zurück) Aber hört, nur Aufschub seines Urtheils, der Alte ist, er ist —

Pasch. (reißt ihr die Blume von den Busen, wirfts ihr vor die Füsse) So, wie diese Blumen, bey dem Propheten schwör ichs, so soll er dahin welken; denn Mädchen! nur so denken und handeln Tyrannen. (ab voll Grimm)

Sechzehnter Auftritt.

Lina allein.

(Ruhig) Ja wohl, so denken und handeln Tyrannen! (Pause) Hier bin ich nun, welche Glückseligkeit ich erwartete, und wie bitter nur der Wahn derselben ist; o ich fühl es, ich fühl es, die Zeit des Schwärmens ist verflossen; ich opferte meine häusliche Ruhe einem Taumel, einem stolzen Traum von Abentheuerlichkeiten auf, und finde, was ich wohl nicht ahndete, Täuschung, Schatten; finde, so wie allenthalben auf Gottes Erde, Tiranney, Unmenschlichkeit und Unterdrückung; (Pause) aber was! hör ich,

Him

Himmel! wenn er es wäre (geht der Thüre näher)

Siebenzehnter Auftritt.

Lina, der alte Bullan in Ketten. Duvani. Wache.

(Pause, Lina fliebt ihm in die Arme) Er ists, er ists, Gott! es ist mein Vater.

Bull. (stößt sie von sich) Mädchen! bist du wahnsinnig.

Lin. (schwach) O Vater! ich kenn mich selbst nicht mehr, meine Sinne schwinden, Vater! meine Verstellung bringt euch den Tod.

Duv. Was hat dieser Vorfall zu bedeuten?

Bull. Das Mädchen ist wahnsinnig, ich kenne sie nicht.

Lin. Ihr kennt mich nicht, eure Tochter, der ihr das Leben gabet? o Vater! euer klopfendes Herz sagt mir, daß ich eure Tochter bin.

Bull. (stößt sie weg) Mädchen! und wenn dich Purpur und Harmelin schmückte, so bist du wahnsinnig; ich kenne dich nicht.

Lin. (zu seinen Füßen) Vater! Vater! seyd nicht so grausam gegen mich, verläugnet euer Gefühl nicht, ich bin eure Tochter.

Bull. (Pause, sieht sie mit dem innersten Gefühl an) Ich kann nicht mehr, Vaterliebe, guter Gott! du prägtest sie so tief in meinen Busen, sie hat keine Gränzen; Tochter, meine Tochter! komm an mein klopfendes Herz, (stumme Umarmung, Pause)

Lin. O Vater! (ihm noch zu Füßen)

Achtzehnter Auftritt.

Vorige. Wilhelm. Neran geht gleich wieder ab.

Wilh. (bleibt an der Thüre stehen) Lina! Lina! was seh ich?

Lin. Bruder! deinen Vater.

Wilh. (zu seinen Füssen) Meinen Vater! (der Alte staunt, zittert vor Freude)

Lin. Vater! euren Sohn, euren Wilhelm.

Bull. (mit Thränen und erhobnem Blick) O guter Gott! Kinder! seht, wie meine Kräfte wanken, seht, wie der Tod schon seine Züge auf meine bleiche Stirne schrieb; seht, Kinder, diese morsche Knochen, wie blaß, wie kalt, wie sie zittern, und noch kann ich sie heben zu dem Unendlichen, um Seegen für euch herabzuflehen. Sohn! Tochter! schwöret ihr mir bey diesen grauen Locken, eurem Gott getreu zu bleiben, eure Ehre zu schützen, und die Tugend heilig zu ehren.

Lin. Wilh. Das schwören wir, Vater. (Pascha kömmt dazu)

Bull. So komme Gottes Seegen über euch.

Pasch. (will ihn ermorden) Und über dich Mahomets Fluch.

Duv. (hält ihn zurück)

Bull. Halt ein, Tyrann! dieser Jüngling ist mein Sohn, und dieses Mädchen meine Tochter.

Pasch. (Pause) Euer Sohn? eure Tochter?

Lin. Gnade für meinen Vater.

Wilh. Gnade für ihn.

Nenn

Neunzehnter Auftritt.

Vorige. Mufti.

Muft. Gnädigſter Herr, wir ſind ſchon
alle verſammlet (zu Wilh) komm, mein Sohn.

Bull. Und wohin?

Paſch. In den Tempel, um Mahomets
Fahne Treue zu ſchwören.

Bull. Aber mein Sohn, du ſchwureſt mir.

Wilh. Treue gegen meinen Gott, und Vater, euer Fluch treffe mich, wenn ich ihn breche.

Bull Wohlan, ſo geh hin, befolge des
Paſcha Befehl, dein Gott wird dich ſchützen.

Wilh. Ja, es ſey, mein Gott wird mich
ſchützen. (ab mit den Mufti)

Zwanzigſter Auftritt.

Paſcha. Bullan. Lina.

Lin. Gnädigſter Herr! Gnade für dieſen
Mann, er iſt mein Vater.

Paſch. Alter, ich liebe eure Tochter.

Bull. Fürſt, wenn ſie euch wieder lieben
kann, ſo will ich vergeſſen, daß ihr mein Mörder werden wolltet.

Paſch. Das Leben ſey euch geſchenkt,
nehmt ihm die Schnur von dem Hals.

Lin. O gnädigſter Herr! mein Dank,
mein heiſſeſter Dank, euer Prophet ſoll euch
ſeegnen.

Bull. Fürſt! ihr ſchenket mir etwas, deſſen
zu berauben ihr kein Recht hattet, das Leben;
ich dank euch, aber jetzt laßt mich friſche Luft
einhauchen, laßt mich dieſes Zimmer verlaſſen;

R 2   Fürſt,

Fürst, vergeſſet aber meine Worte nicht, Menſchen-
liebe ſey euer Loos, euer Verſprechen und eure
Ehre ſey euch heilig. (ab)

Einundzwanzigſter Auftritt.

Paſcha. Lina.

Paſch. Und nun, ſchönes Mädchen! ſind
deine Wünſche erfüllt, wirſt du mir die Befriedigung derſelben nicht durch deine Gegenliebe
lohnen.

Lin. O Fürſt! eure Großmuth.

Paſch. Dieſes Wort hat für mich jetzt keinen Sinn, wenn ich von dir Liebe verlange,
folg mir in meinen Pallaſt, hier (gibt ihr ſein
Sacktuch)

Lin. Gnädigſter Herr! nur einen Tag Bedenkzeit —

Paſch. Bedenkzeit? und wozu, Mädchen!
mißbrauche meine Güte nicht, entflamme nicht
meinen Grimm, ich bin Achmet Zaida, der be-
fiehlt, nicht um Liebe zu betteln gewohnt iſt,
hier —

Lin. Ich kann nicht, laßt mich, gnädigſter
Herr.

Paſch. Ich befehle, folg mir (nimmt ſie
am Arm)

Lin. Herr! ich kenne meine Unmacht, ich
bin in eurer Gewalt, bin ein ſchwaches Mädchen, eure Sklavin; was nützet euch Liebe ohne
mein Herz, laßt mich.

Paſch. (umarmt ſie) Ha, Mädchen! noch
ſchöner biſt du, (ſie windet ſich los) wenn
Grimm deine Wange röthet, noch liebenswerther

wenn

wenn Wuth aus deinen Augen blitzt, hier, folg
mir. (will ſie mit Gewalt nehmen.)

Lin. (nimmt das Sacktuch.) Eher in die
Hölle, als mit dir Barbar — Laß mich, oder —
(zieht den Dolch aus dem Buſen.) ich ermorde
dich mit eigener Hand.

Paſch. (bebt zurück) Großer Prophet! was
ſeh ich —

Lin. Ein deutſches Mädchen! das ihre Ehre
liebt. (ab, wirft ihm das Saktuch zerriſſen
vor die Füſſe.)

Paſch. (pauſe) Wach ich, oder umſchwin-
deln Träume meine entflammte Phantaſie? Sie
verließ mich, ha! ich muß ihr nach, bey Alla
und dem Propheten ſchwör ich, das Mädchen
muß mein ſeyn, oder ich vergeſſe, daß ich Mu-
ſelmann und Menſch bin. (ab)

Zweyundzwanziſter Auftritt.

Moſchee, im Hintergrund ſieht man Mahomets Kriegs Tro-
phen, an den Seiten ſtehen 12 Janitſcharen, auf beyden Seinen Imanen. Wilhelm kommt herein in bloſſen Füſſen, in einem weiſſen Gewand. Mufti. Stille.

Wilh. (ſieht umher, ganz verwirrt. pauſe)
Gott! was ſeh ich? dieſe heilige feyerliche Stille
— dieſer Ort, den mein Fuß heute zum erſten-
mal betritt, dieſe Stätte, die mich entweder zum
Bundbrüchigen, oder zum glücklichſten aller Menſchen machen ſoll. (pauſe) Ha! ich ſchaudre zurück — Meine Augen dunkeln ſich — die Erde
bebt unter meinen Füſſen. (zittert, bebt)

Muft. Was iſt dir, Jüngling! ſey frohen
Muths, Alla und der Prophet wird dir beyſtehen.

Wilh.

Wilh. Wo bin ich? wohin habt ihr mich geführt? Gott! wenn du mit deiner Hilfe zauderst, so bin ich verlohren.

Muft. Komm mit mir, Jüngling! ich will dich dort in jene Halle führen.

Wilh. Mann — Freund — Bruder! oder wie soll ich euch nennen? ihr, die ihr mich zu dieser heiligen Ceremonie vorbereiten sollet — harret noch — mir fehlt noch etwas, daß ich so nöthig habe — Faßung — Mann — Priester! Faßung fehlt mir noch, und diese ist ja wohl nöthig, wenn das, was geschehen soll, kein Spielwerk ist. (drückt ihm die Hand.)

Dreyundzwanzigster Auftritt.

Vorige. Pascha, Gefolge, Aga, Neran, Duvani.

Pasch. Was seh ich, Jüngling! deine Mine zeigt Unruhe, auf Priester! vollziehet eure Pflicht.

Wilh. O Fürst! nur noch 10 Augenblicke, meine Füsse zittern, als wenn ich zu dem Tode geführt, als wenn der Henker das Schwerdt über mich zücken sollte; nur noch 10 Augenblicke, Fürst!

Pasch. Keinen mehr, auf!

Wilh. Gott! mein Gott! die Zeit der Rettung muß nahe seyn, oder ich bin verloren. (sie wollen ihn abführen, Man hört Kanonen donnern, Lärmen, Trommeln, Trompeten, alles in Unordnung.

Duv. (ruft) Lina, Lina, Lina! (Ueberfall, sogleich kommt Lina einen Dolch in der Hand, der alte Bullan, deutsche Soldaten, Matrosen, General, Offizier, Bennide.

Pasch. Allal was soll dieser Ueberfall, ich bin verrathen.

Lin.

Lin. Das biſt du, Barbar! und zwar durch ein Mädchen.

Haſch. Auf, Muſelmänner! Imanen! ſtreitet für Mahomets Ehre.

Ner. (als Iman gekleidet, mehrere ziehen Dolche aus dem Buſen.) Das wollen wir, zuerſt aber dieſer Stahl in deine Bruſt.

Paſch. Haltet ein, was ſeh ich, Alla ſteh mir bey.

Gen. Freund! ihr ſeyd mein Gefangener, die Thore ſind beſetzt, hier habt ihr meine Hand. Wir Deutſche ſind nicht gewohnt unſere Feinde mit der Schnur um den Hals, in unſer Vaterland zu bringen, wir denken menſchlicher als ihr.

Bul. Fürſt! Vergeltungsrecht iſt das Ziel unſerer Handlungen. (nimt dem Fähndrich die deutſche Fahne aus der Hand, reißt mit der andern Mahomets Fahne von der Trophee, zerbrichts mit dem Fuß, und ſteckt erſtere ſtatt der letzteren auf die Tropheen) Auf Brüder! reiſſet Mahomets Fahne ab, und ihr, Muſelmänner, laſſet dieſe hier in euren Tempeln das Sinnbild deutſcher Tapferkeit ſeyn — wiſſet, auch unter deutſcher Schutz ſoll euch Mahomets Religion heilig bleiben, werdet, was ihr noch nie waret, gute ruhige Bürger, werdet Menſchen.

Paſch. Mahomet! was muß ich erleben, ha willkommen du noch — (reißt einen Dolch aus dem Buſen.)

Bul. (und andere halten ihn ab) Halt ein! Mann! werde nicht das, was du ſo gerne gegen andere wareſt, dein eigener Mörder — (Neran reißt ihm den Dolch aus der Hand).

Paſch. Du hier Neran.

　　　　　　　　Ner.

Mer. Ich hier — Fürst! seht diese Fesseln von feinem Metall, nur für so vornehme Hände geschmiedet, wie die eurigen sind.

Pasch. Mahomets Fluch treffe dich, Verräther!

Lin. Fürst! ihr folgt mir in mein Vaterland, dort will ich euch andere süßere Ketten — Ketten der Liebe verschaffen, wenn ihr gelernt habt, menschlicher zu seyn.

Pasch. Ha! ich bin überwunden.

Lin. Und das durch Liebe, Fürst! ich was der Spion, denn ihr dieses Mädchen schenktet. Bennide ist meine Sklavin, seht Fürst! ich schenke dieses Mädchen meinem Bruder, der sie liebt — dem Sklaaengärtner, den ihr zu erwürgen befahlet.

Pasch. Tod und Pest, so mußte mich ein deutsches Mädchen durch Liebe fangen? Ja es sey — Alter! (drückt ihm die Hand) das erstewal solang ich lebe, daß ich um Gnade bettle — hier ist meine Hand zur Versöhnung, ich bin euer Gefangener, (auf die Knie) führt mich in euer Vaterland, und lehrt mich dort deutsche Sitten und deutsche Menschlichkeit. (Bullan will ihn aufheben, alle fallen nieder.)

Wilh. Auf, Muselmänner! lasset deutsche Fahnen auf euren Thürmen wehen, zerstöret in eurem Busen Grausamkeit, und Menschenhaß, vergesset nicht, daß auch die Christen eure Brüder sind.

Bul. (zu dem Pascha.) Freund! unseren Gott danken wir dieses Geschick, wir danken es der Vorsicht, wir danken es der deutschen Muth, der deutschen Tapferkeit.

Ende.